DUPLICITÉS

DU MÊME AUTEUR

Le Détail révélateur. Flammarion, 1974.
Le Paravent des Enfers. Flammarion, 1976 ; Le Livre de Poche, 1978.
L'Arbre de Jessé. Flammarion, 1979.
La Volière. André Balland, « L'instant romanesque », 1979.
Ailleurs et Autrement. Flammarion, 1980.

En préparation :

Les Automates.

Traductions :

Une femme imaginative de Thomas Hardy, dans *Les Petites Ironies de la vie.* Hachette, « La Bibliothèque anglaise », 1979.
L'Homme démasqué de Thomas Hardy. André Balland, « L'instant romanesque », 1980.

En collaboration avec F.X. Jaujard :

Givre et Sang de John Cowper Powys. Le Seuil, 1973 ; Le Livre de Poche, 1977.
L'Autel des morts de Henry James. Stock, 1974.
Les deux Visages de Henry James. Les Lettres Nouvelles / Maurice Nadeau, 1977.
Adieu prairies heureuses de Kathleen Raine. Stock, 1978. Prix du Meilleur livre étranger.

DIANE DE MARGERIE

DUPLICITÉS

nouvelles

FLAMMARION

Pour recevoir régulièrement, sans aucun engagement de votre part, l'Actualité Littéraire Flammarion, il vous suffit d'envoyer vos nom et adresse à :
Flammarion, Service ALF, 26, rue Racine, 75278 PARIS Cedex 06.
Pour le CANADA à :
Flammarion Ltée, 163 Est, rue Saint-Paul, Montréal PQ H2Y 1G8.
Vous y trouverez présentées toutes les nouveautés mises en vente chez votre libraire : romans, essais, sciences humaines, documents, mémoires, biographies, aventures vécues, livres d'art, livres pour la jeunesse, ouvrages d'utilité pratique...

LE GOÛTER D'ENFANTS

Enfant, Constance ne pouvait supporter l'aspect de ses mains. Elle les regardait, avec leurs ongles rongés, comme si elles appartenaient à une autre. Elle était parfois invitée, grâce à ses parents, à des goûters de petites filles qu'elle ne connaissait pas. A peine arrivée, elle ressentait une envie irrésistible d'aller aux toilettes en même temps que l'impossibilité de demander où elles se trouvaient ; elle restait donc là, pétrifiée, sur sa chaise, balançant ses jambes, de peur de salir le tapis. La seule chose qui la consolait pendant ces goûters, c'était la robe que Dorothée, la nurse, lui avait confectionnée pour de telles occasions : une cotonnade fraîche avec un semis de petites fleurs multicolores. Cette robe a pour elle une importance extrême. Elle compte plus que tous ses jouets, ses livres ; presque plus que tous ses amis ; elle possède un pouvoir inexplicable, quelque chose d'essentiel qui coule et s'épanouit dans l'étoffe. Sa magie lui vient-elle d'avoir été cousue par les doigts de Dorothée, ou de l'éclatement des semis et des sèves accompagnant l'odeur merveilleusement tendre du coton ? Elle ne sait pas encore combien ce parfum du tissu, perceptible à présent de façon si divinement immédiate, va s'édulcorer au cours des années au point de ne plus être qu'un fantomatique souvenir.

Elle continuera, certes, à débusquer les odeurs, mais cette expérience n'aura rien, strictement rien, de comparable à la violence du parfum qu'elle capte aujourd'hui, les narines dilatées, même si la fameuse robe est encore invisible, dissimulée dans la penderie.

Ce dimanche-là, invitée à goûter, Constance éprouve une fois de plus la honte de ses mains — des mains de « terrienne », avait décrété son oncle Emile ; elle s'imagine en train de gratter du gravier ou de la boue avec ses ongles, à quatre pattes, comme un animal. Elle se console en sortant la robe de l'armoire, et la pose bien à plat sur la table. Elle penche la tête comme une myope (Dorothée lui a pourtant enjoint de ne pas scruter les choses de si près : elle en arrivera, si elle continue, à loucher comme la vieille cuisinière Léontine) — penche la tête et se croit couchée dans un champ, observant les évolutions d'une colonne de fourmis.

Alors qu'elle aurait simplement voulu lisser l'étoffe, voilà que, de sa patte maladroite, elle renverse l'encrier. Une angoisse indicible l'envahit à voir l'affreuse bête noire progresser et se répandre sur le tissu bien-aimé : une bête qui ne cesse de grandir, labile, sans contours, qui s'insère à jamais dans la robe, tel ce sang dont elle sait qu'un jour il tachera son linge marquant elle ne sait comment, ni pourquoi, le fait qu'elle est femme. Elle a douze ans, mais l'épouvante qu'elle ressent devant le tissu maculé la fait crier de peur comme si un voleur avait fait irruption dans la pièce et posé une main calleuse sur sa bouche.

Elle a hurlé si fort que Dorothée arrive en courant constater le désastre : la belle tenue des dimanches abîmée avant même d'avoir été étrennée ! Le parterre fleuri, au parfum indéfinissable et mental, ne sera jamais plus pareil : myosotis et pâquerettes, liserons et primevères, s'effacent lentement sous une dévorante noirceur. Elles se souvient de sa frayeur d'hier : assise sur les cabinets, lieu qu'elle a toujours eu hâte de quitter de peur d'être aspirée par la lunette jusque dans les égouts comme sa gouvernante l'en avait menacée si elle s'éternisait, elle était restée figée d'étonnement à la vue d'une araignée. Celle-ci progressait sur le mur couvert de moisissures et, au fur et à mesure de son avancée, les taches disparaissaient comme avalées par les pattes. Le mur, après cet étrange repas, retrouvait sa blancheur primitive. Il fallait bien en convenir : l'araignée mangeait là quelque chose de vivant ; la matière que Constance avait toujours crue dotée d'inertie bougeait et s'effaçait ; tout profitait à l'insecte, et la paroi devenait désertique et lisse après son passage. Voici que, tout à coup, se sentant observée, ramassée sur elle-même comme une main aux longs doigts resserrés, la bête s'était totalement immobilisée, fixant Constance de ses yeux invisibles. L'araignée avait beau ne montrer qu'un amas velu et enchevêtré, il n'empêchait que, dans toute cette confusion d'organes, devaient se trouver deux yeux à facettes auxquels rien n'échappait. C'est précisément ce phénomène obscur et inquiétant qui avait fait resurgir dans l'esprit de Constance l'histoire de la tache d'encre dévorant le tissu.

Dorothée avait jeté la robe dans la baignoire et fait couler de l'eau froide, mais tout, même l'émail de la baignoire, avait pris la teinte bleu-noir de l'encre destructrice. Comme elle avait hoqueté et pleuré jusqu'au moment où Dorothée, ayant repassé le joli petit vêtement, le lui avait miraculeusement restitué dans sa splendeur première ! Mais le seul fait d'avoir vu sa robe ainsi malaxée et métamorphosée au contact de l'eau, du savon et du fer, avait modifié les sentiments de Constance. Malgré l'amidon, l'étoffe avait perdu son maintien, son « corps » comme se lamentait Dorothée — et elle-même, toute petite fille qu'elle était, se demandait

ce que le corps de la robe était devenu. Elle s'habilla
d'un air soumis, comme si elle revêtait l'uniforme de
l'école, et partit vers son goûter, le sourire morne.

Les petites filles jouaient au premier étage, dans le
salon, auquel l'on accédait par un escalier majestueux et,
à l'intention de chacune, une pyramide de cadeaux se
trouvait posée sur le piano, surmontée d'un ballon rouge
muni d'une étiquette. Les noms des enfants — inconnues
d'elle pour la plupart — étaient soigneusement calligra-
phiés ; tout à l'heure elles s'en iraient après la fête, les
bras chargés, descendant les marches avec précaution. La
vue de ce piano irradiant de couleurs, avec ses vingt
ballons flamboyants (pourtant, il n'y avait que dix-neuf
invitées), la fascinait, et surtout la pyramide inutile :
Daphné manquait, Daphné qu'elle avait rêvé de retrouver
à ce goûter, car elle était différente — différente de ses
autres amies. D'abord, elle était la seule élève protestante
dans ce couvent d'obédience catholique, et cette différence de religion était, à elle seule, captivante. Il y avait
donc plusieurs manières d'adorer Dieu ? plusieurs façons
d'accomplir les rites de la prière et de la messe ? Dieu
était en Daphné, mais un autre Dieu que celui connu de
Constance. Mieux encore, on acceptait de Daphné qu'elle
fût une rebelle ; elle n'était jamais forcée d'assister aux
offices ; elle s'y trouvait parfois et c'était alors que, dans
la chapelle, le parfum des lys devenait enivrant.

Elle était, Daphné, la plus belle des demi-
pensionnaires ; elle avait de longues mains blanches, avec
des doigts fuselés de pianiste, des ongles polis comme de
l'agate. Du seul fait de son absence, le salon illuminé
s'obscurcit. Constance se faufila dans un coin d'où elle
pouvait observer la vaste surface du piano sur laquelle
s'étageaient les petits paquets à l'abri des ballons
écarlates, mais de tous ces présents, ceux qui l'intri-
guaient n'étaient pas les siens (la maîtresse de maison,
sachant combien elle était maladroite, lui avait choisi des
jouets pour enfant habituée à malaxer la terre : pâte à

modeler, petits moules en plastique pour découper des formes) — non, ceux qu'elle désirait étaient destinés à Daphné. Sans doute les parents de Daphné et ceux de Bertha qui recevaient étaient-ils très liés, car la magnificence de ces cadeaux lui parut exceptionnelle. Elle pouvait parfaitement distinguer, à la base de la pyramide attribuée à son amie, une boîte en faux crocodile rouge : une de ces jolies trousses de manucure pour jeunes filles soignées qui ne se rongent pas les ongles et repoussent, avec de l'eau savonneuse et un petit bâtonnet, la surface claire de l'ongle, appelée lunule ; c'était l'objet qu'elle convoitait le plus au monde, qui lui permettrait de ressembler à Daphné et de se gagner à jamais les bonnes grâces de sa mère toujours inquiète pour la beauté de sa fille — une beauté qui, cruellement, refusait de naître. Elle s'imaginait déjà chez une manucure, ses doigts enfin allongés, minces et pâles — ce qu'ils devenaient en effet, dans son bain, à cause d'un phénomène dû à la réfraction que la nurse avait vainement tenté d'élucider. Mais ses explications ne firent qu'accroître son désarroi car, à peine sortie de l'eau, Constance retrouvait ses mains courtes et potelées telles qu'elles étaient vraiment.

La vieille Léontine prétendait qu'à chaque tache blanche sur les ongles des petites filles correspond un mensonge fait dans la journée. C'était étrange mais ces affreuses taches ne cessaient de proliférer, précisément, alors que Constance détestait mentir. A quoi bon, en ce cas, se priver de fabuler, si ces marques affirmaient qu'elle l'avait déjà fait ? L'explication humiliante de Léontine avait beau être contrecarrée par celle, plus scientifique, de Dorothée, affirmant que Constance « manquait de calcium », les médicaments ne changèrent rien à l'affaire. Aussi finit-elle par croire à la supériorité de l'explication magique donnée par Léontine : oui, sans doute devait-elle mentir inconsciemment, ne serait-ce que par omission ou restriction mentale, comme disait le catéchisme. D'ailleurs elle était peut-être, avec la malpropreté qui la caractérisait, en état de péché mortel puisque l'autre jour, avant de communier, elle avait avalé un peu de sa morve. Elle n'avait jamais osé mentionner cette action immonde au cours de ses confessions, si bien que toutes ses communions étaient sacrilèges et que la faute proliférait en elle comme la tache sur l'ongle — le péché d'avoir préféré quelque chose issu de son propre corps au jeûne exigé par la chair du Christ. Ce blasphème ferait-il à jamais partie de son âme ? Elle pensait souvent à elle-même comme à une damnée : il devait être plus facile de s'accuser d'un meurtre que d'avouer un péché aussi sordide.

Elle luttait de toutes ses forces contre la tentation, mais rien n'y faisait ; elle s'intéressait passionnément à toutes les sécrétions du corps. Quand elle prenait son bain, et que Dorothée la laissait enfin seule quelques instants, elle se mettait debout dans sa baignoire, remplissait d'urine sa boîte à savon, puis, telle une grande prêtresse du Temple d'Isis — du moins c'est ainsi qu'elle voulait se voir, tant elle aimait les jeunes femmes graciles enveloppées de bandelettes, si bien dessinées dans son livre d'histoire égyptienne — elle levait lentement les bras pour offrir le liquide doré aux dieux. Ce rite ne prenait tout son sens que si le linge de Dorothée, ourlé de dentelles en nylon, était suspendu au séchoir ; alors la religion profonde, qui exigeait ce sacrifice insolite, s'accomplissait selon une nécessité intérieure.

Bien sûr elle savait qu'il était imbécile de croire que Dieu s'intéressait au fait qu'une petite fille ait, oui ou non, avalé sa morve avant de communier ; de telles sottises pouvaient attirer moins encore l'attention du Prince des Enfers, toujours au centre d'éclatantes batailles avec ses Anges rebelles, radieux et sombres — Belzébuth, Satan, Bélial, Baphomet, auréolés d'une lumière tout ensemble violente et noire — si bien que seuls les humains prêtaient de l'attention à semblables vétilles pour les charger d'une culpabilité dévastatrice. Le sentiment du péché ne venait pas de Dieu — inaccessible, aveugle et sourd, totalement indifférent, elle en était sûre, à l'individualité de chacun, ne voyant s'agiter sur terre qu'une masse grouillante et confuse dont Il devait se détourner avec majesté — mais venait d'elle-même.

Cette notion instillée, rabâchée, de faute, comment la définir, et cerner ses frontières ? Il lui était arrivé de voler un chapelet dans le parloir du couvent mais ce n'était pas là une action suggérée par la cupidité, plutôt un vol inspiré par le désir du Beau. Il était composé, ce chapelet, de petits grains translucides qui l'avaient violemment séduite comme s'il était possible de posséder l'eau d'un étang ou les couleurs d'un arc-en-ciel ; elle l'avait subtilisé d'un geste furtif, afin de dérober la sensualité de la nature et l'éclat des pierres. Mais la sœur tourière l'avait surprise et dénoncée à la Mère Supérieure. Malgré tout, l'affaire en était restée là. Emues de constater chez leur élève la nostalgie du rosaire, les sœurs lui en firent cadeau sans savoir qu'il ne représentait nullement à ses yeux un monde religieux, mais au contraire un univers païen, chatoyant, traversé d'images lumineuses et mobiles. Qui vole un œuf vole un bœuf, pensaient ces saintes femmes — mais qui vole un chapelet vogue vers la sainteté.

A présent, malgré le tintamarre d'un nouveau jeu où il faut pêcher des poissons avec de petites baguettes aimantées (jeu dont elle raffole à cause de la vieille ritournelle qui sort d'une boîte à musique accompagnant la pêche, et du cliquetis merveilleux qui s'opère quand l'anneau du poisson en papier mord à l'hameçon), elle reste sagement tapie dans un coin avec l'envie féroce d'aller aux toilettes. Elle reste là, crispée, stoïque, la culotte mouillée, et peut-être même aussi sa jolie robe à fleurs — car elle ne veut voir personne. Tout à coup elle désire violemment réfléchir à la nature du mensonge. Au fond, découvre-t-elle, elle n'a jamais rien dit de vrai à personne. Elle possède bien deux poupées jumelles en caoutchouc, mais elle ne leur parle pas ; elle se contente de les lécher, de les couvrir de baisers, de les talquer avec une poudre parfumée de lavande ; elle les serre contre elle la nuit dans son lit. De paroles, jamais. Que dire ? Et sur quoi ? Elle n'a rien à raconter. Elle ne jacasse jamais avec les autres élèves. Tout reste au dedans, confus, maudit, magique, offert, non pas à Dieu, mais sur l'autel consacré à Dorothée et Daphné.

Maintenant, dans le grand salon où a lieu le thé d'enfants, elle songe qu'elle aimerait mieux mourir que divulguer sa vie secrète à Daphné. Son amie ne portait-elle pas l'auréole d'une joie désincarnée ? Tandis que le Guignol, qui enchante les autres enfants, suscite des cris de joie et d'effroi, une idée s'empare de Constance qui l'éloigne du spectacle : il lui faut entrer en possession des cadeaux destinés à l'absente. L'image de la boîte en faux crocodile s'insinue en elle ; avec une hypocrisie méthodique dont elle est la première surprise, elle profite du désordre et des cris pour substituer l'étiquette de Daphné à la sienne dans une sorte de chassé-croisé où s'infiltre l'espoir de cesser d'être elle-même. Tremblante, elle attend l'épreuve cruciale — quand il lui faudra descendre l'escalier, les présents dérobés dans les mains.

Ce moment arrive enfin ; elle se force à l'aisance (au-dedans, son angoisse est si grande que sa gorge est nouée) et, telle une voleuse patentée qui subtilise son butin aux yeux de tous, elle descend lentement l'escalier devant la mère de Bertha, son visage dissimulé à demi par ses longs cheveux et le ballon rouge ; très droite, elle descend, marche après marche, les pommettes cramoisies de défi et d'une honte que ses hôtes prennent pour l'expression d'une joie fiévreuse, puis elle se précipite dans le taxi pour rentrer chez elle : le dimanche, même Dorothée l'abandonne, et elle sait qu'elle ne retrouvera qu'une demeure déserte.

Une fois seule, elle jette sur la banquette de la voiture

les bricoles données avec la trousse : moules multicolores, barres de pâte à modeler, pour se consacrer à l'objet désiré, mais devant ces ustensiles raffinés destinés à couper, à limer, à nettoyer, à faire briller les ongles — devant ces petits ciseaux, ces pinces pour ôter les peaux mortes qu'elle aime arracher, mâchonner, comme si elle ressentait une joie cannibale et sensuelle à manger sa propre chair — elle éprouve le surgissement d'un refus violent, la peur d'être ligotée et menée au supplice. Une vérité intense, à la fois mentale et charnelle, se fait jour en elle : ce vol est parfaitement inutile, elle est à jamais enfermée dans son propre corps ; il lui faut accepter d'être Constance, seule, et singulière, tout comme Belzébuth, Satan, Bélial, Baphomet avaient dû se résigner à la solitude du défi. Une Puissance inconnue lui intime l'ordre de baisser les vitres du taxi ; alors, elle prélève ces instruments de torture, symboles d'une vie policée, et, un à un, les laisse tomber dans le flot incessant des voitures, en sachant que c'est pour elle l'unique manière de rejoindre Daphné.

L'ASCENSEUR

C'est elle qui lui avait donné rendez-vous. Ce jour-là, ils devaient tout quitter pendant quelques heures, s'en aller pour oublier, marcher dans Provins, respirer les roses, s'asseoir sur les murets, humer l'air — échapper à la touffeur nauséabonde de la ville.

Elle l'avait vu deux ou trois fois. Il était le genre d'homme qu'elle aimait — silencieux, intérieur, sans être affligé pour autant de cette froideur souvent inséparable des êtres intenses, et ils avaient parlé ensemble comme si le monde leur appartenait depuis toujours. Pourtant il était difficile, à leur âge, de faire coïncider deux univers qui n'avaient plus rien de commun avec ces rencontres où la jeunesse suffit parce qu'elle engendre presque machinalement le désir. Non, ce n'était pas un rendez-vous habituel : s'il arrivait à l'un d'eux de décevoir l'autre, ce serait de manière instantanée, indélébile. Mais elle ne voulait pas croire à cette possibilité contre laquelle elle se révoltait avant même qu'ils aient eu l'occasion de vivre ensemble une seule journée. Le passé était ce dont elle se méfiait le plus, avec ses lois sottes et opaques, sa manière d'imposer les cadres rigides de la répétition et de sourire en coin chaque fois que l'imprévu surgissait, où elle savait bien à présent que la mort — inséparable de toute métamorphose — était inscrite.

Tout comme la première entente, celles qui étaient venues ensuite n'offraient d'autre particularité que d'être d'éphémères variantes d'un même schéma. Mais elle fit taire en elle cette voix de vieille qui lui parut aussi grinçante que la mécanique de cet ascenseur dont l'inutile agitation résonnait comme un sarcasme à ses oreilles de femme solitaire.

Elle ne l'attendait que depuis une demi-heure, et pourtant elle avait dû revivre, en quelques instants, la matière de plusieurs années. Sans qu'elle en soit le moins du monde responsable, sa mémoire l'avait gratifiée, en ce bref laps de temps, du souvenir de deux ruptures. L'une d'elles avait eu lieu sur un pont : un homme, qu'elle avait aimé pendant des années, vomissait de détresse, sans qu'aucune pitié pour lui acceptât de leur venir en aide. Elle avait horreur des chantages ; la pitié n'était pas de son âge, du moins en avait-elle ainsi jugé, avec un dégoût animal et instinctif, entièrement soulevée par cette vitalité débordante que les êtres plus âgés prennent pour de la cruauté. Elle l'avait regardé vomir, debout sur le pont, et tout ce qu'elle avait été capable de se dire (elle en sourit amèrement à présent, se rappelant le futur avec tout ce qui avait surgi après cet instant-là), c'était que, si jamais elle devait se trouver à la place de l'être quitté, il ne lui faudrait ni pleurer ni vomir, mais s'en aller la tête haute, élégante et droite, prête à séduire un autre — surtout, ne jamais se comporter comme cet homme qui, assujetti par sa passion, ne prévoyait même plus l'effet désastreux qu'il produisait. S'il l'aimait encore vraiment, il aurait deviné comment agir, rien qu'à la voir. Elle se mit à piaffer d'impatience et regarda de biais sa montre, mais il ne la voyait même plus, aveuglé par la douleur. Elle n'aurait jamais dû laisser les choses dériver jusque-là — elle aurait dû rompre avant, bien avant ; elle avait agi par lâcheté, par complaisance, ce dont tous deux payaient à présent le prix. Il fallait savoir tailler dans le vif, dès les premières bavures qui présagent des hypocrisies à venir, couper quand tout était encore pur, net et vivant — mais il continuait de hoqueter, penché sur le pont. Les automobilistes ralentissaient un peu, juste le temps de s'apercevoir qu'ils étaient en face de la nudité du malheur, après quoi ils se cramponnaient au volant pour reprendre haleine — surtout ne rien voir, ne rien savoir, assez, assez! hurlaient intérieurement ces passants scandalisés par tant d'impudeur : a-t-on le droit, de nos jours, de révéler que l'on souffre ?

Elle avait honte pour lui et regardait au loin. Contemplant les péniches qui passaient sur la Seine, elle vit un chien qui courait parmi le charbon et les caisses, et quelques hommes assis, les bras ballants, au soleil ; tout cet univers flottait, s'en allait, lentement accordé au rythme du fleuve pour devenir invisible ; bientôt ce fut comme si la péniche n'avait jamais existé, elle longerait d'autres berges, d'autres contrées ; quant à elle, son corps de femme vagabondait à sa suite et elle se sentait irresponsable de tout ce malheur qu'elle avait provoqué et dont elle n'était qu'un témoin impuissant.

Il savait parfaitement qu'il gâchait ses dernières chances. Il n'ignorait pas que, même dans les véritables amours, à ces moments-là, seule la vulgarité vient en aide, avec ses vieilles farces et attrapes qui font marcher les humains comme des marionnettes, ses proverbes à la fourberie connue mais efficace, ses formules de cyniques qui ne savent plus aimer, revenus, comme ils le sont, de tout ; oui, il savait parfaitement que l'amour ne vient pas en aide à l'amour. Au lieu de chuinter et de râler ainsi en public, le visage barbouillé de bave — lui, un homme que certaines lui enviaient — il aurait dû s'en aller, l'abandonner, sollicité déjà par le désir d'une autre. Mais quoiqu'il en fût conscient, la scène dura ce qu'elle devait durer, quelque maléfique démon ayant depuis toujours décidé que cette ultime étape de leur rupture n'en finirait pas de s'étirer pendant vingt longues minutes — après quoi, comme des automates enfin libérés par l'horreur même de ce qu'ils avaient vécu, tous deux étaient remontés dans la voiture, pour ne plus se rencontrer que de façon épisodique et banale.

Superposée à cette scène, elle en revoit une autre : une rupture encore, avec un homme qu'elle avait aimé, lui aussi. A quoi servait donc cette tension présente, cette soif de l'autre, qui devait déjà contenir, comme les attentes précédentes, sa propre retombée ? Ils s'étaient quittés, cette fois, sur un escalier. Les métiers, la vie les avaient séparés ; ils habitaient à des milliers de kilomètres l'un de l'autre, si bien qu'ils avaient développé, chacun de son côté, une jalousie sèche et minutieuse, sans objet défini : tant de nuits, tant d'heures dont l'autre ne saurait jamais rien — et cette impossibilité de connaître avait perfidement grignoté le visage de l'amour. Quand ils se retrouvaient, leurs regards se posaient sur leurs mains, leur bouche, non plus pour joindre leurs doigts et leurs lèvres, mais pour se demander quel usage ils en avaient fait pendant leur absence, et quand ils allaient ensemble au restaurant, le soir de leurs retrouvailles, c'était pour de torturants interrogatoires menés à l'infini. Mais aucune réponse ne les satisfaisait ; tout sonnait faux, s'enlisait dans la boue des restrictions, des vaines reconstitutions qui ne trompaient personne et, peu à peu, ils sombraient dans le silence, ou même dans les plaisanteries niaises, si bien que la haine ne tardait pas à surgir, prompte comme une flambée, au fond de leurs yeux.

Ils avaient donc, d'un commun accord, décidé d'en finir, et elle en conçut un soulagement immense — vite, vite, qu'il s'en aille, que plus jamais ils n'aient à se retrouver ainsi, dans la médiocrité triste de l'hypocrisie, le souvenir d'autres corps, le goût d'autres lèvres — mais, pour célébrer cet adieu, il avait cru bon de descendre l'escalier en vacillant, feignant un désespoir qu'il devait être loin d'éprouver, et elle n'avait pas aimé cette fausse note, cette concession au sens du théâtre, elle qui refermait la porte avec précision d'un côté, pour l'ouvrir de l'autre à l'air pur du nouveau.

Il était maintenant dix heures et demie ; celui qu'elle attendait n'était toujours pas là. La durée, tout à coup, monta comme ces vapeurs qui crépitent dans les cratères des volcans, ou ces vagues qui se brisent sur le sable avec fracas ; et elle fut exaspérée d'être assourdie par cette rumeur intérieure, tant elle désirait percevoir le moindre bruit de l'immeuble qui fût capable de la renseigner sur la seconde où il arriverait : celui de la porte cochère, le gémissement de l'ascenseur, puis le grincement de la porte grillagée annonçant l'arrêt à l'étage — tous ces bruits qu'elle avait écoutés au cours d'une vie déjà longue (indéfinie, lui semble-t-il, à voir comment, ce matin, les minutes se traînent) avec des sentiments différents, allant parfois jusqu'à rêver de façon meurtrière que l'ascenseur retombât jusqu'au fond de sa cage avec son occupant.

Elle ne savait que faire de son corps. Les autres fois, au cours des scènes que sa mémoire venait d'imposer à son esprit, elle avait rêvé de le bercer au mouvement de la péniche descendant la Seine, ou de l'appuyer contre la porte dont la fraîcheur la délivrerait d'un amant qu'elle avait cessé d'aimer mais, ce matin, elle ne trouvait aucun appui, aucune évasion, si ce n'est le mur de l'entrée, recouvert d'un papier peint. Sa couleur bleu pâle lui parut d'une mièvrerie insupportable. Elle aurait voulu le lacérer de ses ongles, pour accueillir celui qu'elle aimait dans une pièce dévastée, les mains en sang, avec des lambeaux de papier retombant sur les parois, afin qu'il comprenne comment chaque minute peut prendre une intensité qui, chez les tièdes, se fractionne pendant des années — qu'il comprenne comment une accélération monstrueuse peut s'emparer d'un temps devenu assassin, tandis qu'il se traîne si lentement en apparence que les aiguilles en sont toujours au même point de la montre.

Le téléphone sonne, et elle se jette sur l'appareil avec tant de fougue qu'elle soulève trop vite l'écouteur : rien, aucune vie, aucune voix à l'autre bout du fil ; il est sans doute dans une cabine publique à chercher des pièces de monnaie. Elle repose le téléphone mais reste près de la table, ce qui l'agace : comment entendre grincer l'ascenseur, percevoir les pas dans le corridor, tout en captant la sonnerie ? Son cœur fait un bruit étrange, et elle se laisse tomber dans un fauteuil, la bouche desséchée. La sonnerie retentit de nouveau ; c'est une amie qui lui parle, une amie malheureuse qui a besoin de son aide et qu'elle voue à tous les diables ; éternellement cette indécence des êtres à se raconter, à s'exposer, et si celui qu'elle attend (à qui elle n'a encore rien à reprocher, lui, le symbole de toute cette vie bouillonnante et vierge que semble vouloir nier la voix geignarde de l'amie) était en train d'essayer de la joindre ? Elle raccroche dès qu'elle peut ; sans doute a-t-elle blessé son amie pour toujours, mais vraiment non, elle ne peut pas, elle n'a rien à lui dire, elle n'a rien à donner à personne, on lui a tout pris. Alors pourquoi est-elle en train de l'attendre — lui ?

Elle se lève, plaque son corps contre la surface lisse du mur ; que ce mur efface ses seins, qu'il efface ses formes, qu'elle ne soit plus rien qu'une paroi, elle aussi — pauvre mur destiné au surplus à crouler dans peu de temps, car les matériaux, de nos jours, sont creux et médiocres. Elle entend comme un emmêlement de ferraille qui signale la montée de l'ascenseur, mais elle ne bouge plus. Le malheur l'a rendue poreuse, presque voyante : ainsi devine-t-elle qu'il s'arrêtera au troisième, à l'étage en dessous, ce qu'il fait ; mais surtout elle entre en communication avec le passé, avec toutes ces autres fois où l'ascenseur est monté là où il devait monter, chez elle, son premier amant, puis le deuxième, et maintenant elle ne sait plus ni ne désire savoir où ils vivent, ni avec qui. Elle a rencontré le dernier l'autre jour dans la rue, et s'est détournée pour n'avoir pas à le regarder davantage, tant il avait changé.

Quelque chose vient dévaster son corps : comment le décrire ? Tout retombe : quoique fraîchement repassée, sa robe se plisse, ses seins lui pèsent, ses cheveux se défont alors qu'ils étaient, ce matin, si victorieusement mousseux et bouclés ; tombent aussi les plis de sa bouche ; elle regarde une dernière fois sa montre avant de se tenir cassée comme une loque, une pendue ; oui, elle se voit pendue au plafond, ses jolies chaussures quittant ses pieds quand le sang aura cessé de circuler et que ses membres se refroidiront. Ses vêtements comprendraient d'eux-mêmes la vanité de leur masque. Elle a horreur de cette robe plissée qu'elle a choisie pour cette inutile matinée de printemps, et elle voudrait sortir crier dans la rue. Soudain elle s'arrête d'aller et venir, suffoquée par une vision : celle de l'amant malade sur le pont ; elle est lui (mais elle croit qu'il est mort, oui, mort déjà) ; il est elle — inutile d'attendre ; celui qui doit venir, c'est ce mort qu'elle a blessé, qu'elle ne verra jamais plus, à qui, jamais, elle ne pourra dire qu'elle sait à présent ce que c'est que vomir de détresse.

Elle entend un bruit quotidien et dérisoire d'affairement sur le palier. La porte de l'ascenseur claque, il est onze heures, ou trois heures, ou le lendemain, peu importe ; il n'y a plus d'heure, plus de temps ; on sonne ; machinalement elle ouvre, c'est à peine si elle sait pourquoi ; ah, il est là, reposé, parfumé, bien habillé, et son regard stupéfait la révèle à elle-même — robe froissée, déchirée à l'ourlet elle ne sait comment, un ongle cassé, les cheveux en désordre, et surtout un visage ravagé, ce visage qu'elle ne devrait porter que dans vingt ou trente ans, un visage de folle, car la durée est morte, telle est la vérité, elle offre cette face insupportable qui a fait reculer d'effroi des générations et des générations d'hommes depuis que le monde est monde : des yeux creusés comme des trous, une bouche ouverte, sombre comme une caverne où disparaissent les dents. Il la regarde, et recule un peu plus sur le palier ; elle le regarde et ne voit qu'un pantin recouvert de flanelle.

Elle n'a rien à lui dire, rien. Elle ne l'attend plus, il est venu trop tard, trop tard d'une heure, c'est-à-dire de plusieurs vies pour quelqu'un comme elle. Ce n'est pas sa faute après tout, il ne sait pas ce qu'elle a traversé, il attend d'elle, sans doute, qu'elle lui fasse oublier des heures pénibles, des années de souffrance ; il la regarde avec un étonnement qui, pour n'être pas feint, lui semble frivole — l'étonnement d'un homme qui n'a jamais traversé l'enfer de l'attente amoureuse, à moins que, justement, il n'eût espéré trouver en elle ce renouveau, cet espoir, tout ce que sa forme féminine affaissée semble au contraire s'appliquer à nier, comme tout à l'heure, au téléphone, la voix plaintive de l'amie.

Pourtant, ses yeux laissent sourdre une force d'une nudité insoutenable, qui s'est réfugiée loin de la correction parfaite du corps et du costume ; elle lit en lui la même attente terrible que la sienne à laquelle il n'est plus de réponse. Transparente, et vouée à la transparence, elle devine qu'il rôdait là depuis plus d'une heure, n'osant prendre l'ascenseur et monter jusqu'au quatrième ; il a dû, tout à l'heure, s'aventurer jusqu'au troisième, redescendre, faire un tour dans la rue, réfléchir, prendre courage, hésiter, remonter, si bien que le voilà posthume, silencieux, haletant malgré le calme de son aspect, entièrement réfugié dans l'ardeur désespérée du regard ; elle lui fait signe d'entrer, mais se détourne pour cacher son propre visage ; elle sait que tout est totalement inutile — la brûlure de l'attente, la douleur de cette rencontre —, ils ne pourront rien l'un pour l'autre, ils sont trop semblables : deux êtres dépouillés par la vie, deux écorchés, à vif.

LE CHAT

Il se réjouissait de retrouver Doris un peu plus tôt que de coutume. Il savait bien qu'il la négligeait — à qui la faute ? Comment, sinon, gagner cet argent dont ils avaient besoin pour continuer à vivre ainsi ? Ce soir elle n'était pas rentrée, et il se consola en jouant avec Mitsou. Mitsou était un siamois merveilleux que Doris avait choisi parce que son élégance hésitante, ses yeux bridés, son nez triangulaire et froncé, ses petits bonds légers évoquaient certaines scènes dans ses tableaux chinois préférés, où un chat regarde, de ses yeux à demi fermés, évoluer un papillon autour de pivoines. Mais Mitsou n'aimait pas Geoffroy, il savait bien qu'il appartenait à Doris, si tant est qu'il appartînt à qui que ce fût, lui qui s'isolait toujours dans un univers silencieux qu'il transportait nonchalamment avec lui; et comme il devait avoir un sens inné de l'heure, il regarda son maître d'un air agressif, le poil hérissé. Geoffroy tâcha de l'amadouer et résolut de passer le temps à ne rien faire, jouant avec le chat, en attendant Doris.

Il alla chercher dans la corbeille une petite boule de papier dont le bruissement fureteur intrigua Mitsou qui se mit à bondir de-ci de-là pour pouvoir l'attraper. Une véritable fureur paraissait animer le chat et Geoffroy eut l'intuition que si elle lui venait de ce changement dans l'horaire immuable de sa journée, sa rage animale avait une raison secrète de se déchaîner avec tant d'âpreté contre la boule de papier froissé qu'une patte implacable se mit à lacérer de toutes ses griffes. Des fragments déchiquetés gisaient à présent sur la moquette et Geoffroy se hâta de les ramasser, sachant à quel point sa femme aimait l'ordre et la perfection. Mais l'écriture sur la feuille l'arrêta : c'était celle de Doris. Son cœur se mit à battre de façon pénible et précipitée quand il s'aperçut que les phrases interrompues, déchirées, n'étaient autres que des déclarations brûlantes ; et quand, après quelques recherches, il trouva l'angle supérieur de la lettre, il put lire que la missive datait de quelques mois. Il chassa l'animal d'un coup de pied brutal qui le manqua, mais fit tomber un vase de prix posé sur un guéridon : toute la pièce prit tout à coup l'allure d'un chantier que le chat recroquevillé dans un angle regardait avec un mépris triomphal.

La porte de l'immeuble grinça : ce bruit qui, jusqu'alors, lui avait causé tant de joie, le remplit tout à coup d'un sentiment indéfinissable où, en fin de compte, la curiosité l'emporta. Il voulait savoir. Il mit de l'ordre en un clin d'œil ; tous les débris furent jetés dans le vide-ordures de la cuisine ; ce fut comme si rien ne s'était passé, n'avait changé, mais Geoffroy savait que tout serait désormais d'une autre nature.

Il regarda Doris ranger ses affaires et virevolter d'un air faussement concentré tandis qu'elle lui débitait des histoires où il détecta la stridence contradictoire du mensonge : il y avait trop d'anecdotes, trop de rencontres, trop de détails dans tout cela, et il eut la certitude qu'elle enjolivait. Il ne voulait pas, pour l'instant, employer d'autres mots mais se tenait coi, comme le chat sous la table, en attente. Il voulait voir si Doris remarquerait la disparition du vase, mais son attention était ailleurs et il sut combien tout ce bavardage en surface était destiné à le distraire de la vérité tandis qu'un courant interne, caché, occupait entièrement son cerveau.

Leur nuit fut une nuit comme tant d'autres, si ce n'est que les autres fois il était tellement engagé dans la voie de son propre désir qu'il n'avait jamais imaginé que Doris n'y répondait que par complaisance. Cette nuit-là, il réfléchissait dans l'obscurité, ne sachant que croire : dans l'intimité de leurs corps et de la pénombre complice, il était difficile de démêler ce qui venait d'elle ou de lui ; elle avait toujours été consentante, discrète ; il avait aimé en elle cette finesse conciliante ; il avait en horreur les femmes violentes, fardées, qui prenaient l'initiative et se montraient insatiables ; avec ces femmes-là, un homme n'était jamais rassuré et l'amour devenait un abîme infernal, un puits sans fond. Mais ce soir, couché auprès d'elle comme un de ces gisants de marbre qui fixent l'éternité de leur regard vide, il découvrait qu'il ne pouvait rien déduire de cette entente presque machinale. La passivité de sa femme, si totalement contradictoire avec les termes de la lettre qui ne lui était pas destinée, loin d'être la preuve qu'elle était proche de lui, possédée par lui, montrait de manière éclatante qu'elle ne lui présentait qu'une défroque — l'apparence, l'absence d'elle-même.

Il n'avait que lui à blâmer : il l'avait toujours voulue disponible, reposée, lisse et belle ; il ne pouvait la désirer qu'ainsi : merveilleusement apprêtée, coiffée, objet de luxe et d'apparat que ses amis lui enviaient, et elle en avait profité pour le bafouer. Berné, il l'était jusqu'au bout, car même sa beauté ne venait pas du repos et du confort qu'il lui avait assurés, mais de l'usage qu'elle devait en faire, tous les après-midi, quelque part dans Paris, se prélassant avec un amant.

Quelques semaines se passèrent ainsi ; il put faire ses observations, recouper ses mensonges ; il ne négligea rien, et ce lui fut facile de conclure : elle avait une liaison avec un homme oisif et riche, voilà qui était certain, car elle arborait des bijoux qu'il ne lui avait pas donnés, sur l'origine desquels elle inventait mille contes à dormir debout — tantôt ils venaient de sa sœur, tantôt d'un héritage. D'ailleurs elle se donnait de moins en moins de mal pour être cohérente, et il comprit qu'elle le prenait pour un innocent. Elle n'était jamais plus jolie que lorsqu'elle racontait ses balivernes, car elle avait de l'imagination, mais, emportée dans son dédale, elle ne voyait pas qu'elle exagérait, qu'elle en remettait — il notait tout cela, mentalement, froidement, avec exactitude.

Un jour qu'il était, comme l'autre fois, rentré en avance pour constater son escapade et observer la tête qu'elle ferait en sortant de l'ascenseur, il vit que Mitsou le guettait. Le chat l'attendait, jouant avec une boule de papier, et c'était lui, maintenant, qui paraissait inviter Geoffroy, bondissant et courant dans la pièce, jetant en l'air et rattrapant le petit ballon fripé d'un air diaboliquement effronté, ses yeux étroits fixés de temps à autre sur les yeux de son maître. Geoffroy finit par comprendre son manège et s'empara de la feuille roulée en boule : c'était encore un de ces brouillons où l'amour exalté et secret de sa femme se livrait. Le chat s'arrêta net, pensif, guettant ses réactions, et l'homme vit passer dans ses yeux impassibles une lueur d'intelligence satisfaite ; alors il prit le presse-papiers et visa l'animal à la tête.

Maintenant, le chat gisait mort sur la moquette, à côté de la lettre froissée. Il n'y avait presque pas de sang sur sa fine tête grise — c'était un siamois, une bête élégante et discrète, comme sa maîtresse. Geoffroy se souvint du scandale de l'année dernière : le concierge de l'immeuble avait trouvé dans les poubelles de la cave un fœtus dont une mère s'était débarrassée grâce au vide-ordures. Alors, il ramassa le chat par la peau du cou, le ficela dans un sac en plastique d'un bleu criard après y avoir glissé la lettre et jeta le tout comme il l'avait fait l'autre fois, quand il s'était délesté du vase fracassé et du brouillon révélateur. Puis il réunit rapidement quelques effets dans une petite valise, prit ses clefs, et, prudemment, douce- ment, s'en alla pour toujours, avant que n'éclate en lui cette force qu'il sentait sourdre : la tentation — ou plutôt, déjà, la contagion — du crime.

LAMBEAUX

Il se sentait vide à présent, même s'il n'avait pas encore atteint la soixantaine. De toute façon, la vieillesse était venue plus vite pour lui que pour les autres, à force de responsabilités : il avait dû élever seul ses enfants. Sa femme était morte rapidement, emportée par un cancer, avant qu'ils aient eu le temps d'envisager quoi que ce soit : les deux filles n'avaient que seize et dix-sept ans. Elles s'étaient tournées vers lui comme vers une masse, au flanc de laquelle se coucher ; alors, forcé de leur donner la sécurité que la morte avait menacée par sa disparition, il s'était trouvé pris au piège, monticule asexué tenu d'incarner le double rôle de père et de mère, au moment même où il avait résolu de flâner, son travail s'étant mué en rassurante routine.

Mais il n'avait jamais su remplacer leur mère auprès d'elles : de cela, il était tristement conscient. Les filles avaient besoin d'un monde féminin, fluide, où, à travers l'allusion, le regard, tout était communiqué sans le truchement des paroles. Du vivant de Charlotte, ce monde de femmes lui avait paru délicieux et lointain ; y entrer eût été indélicat, faire irruption dans un élément inquiétant, inconnu — que de fois lui avaient-elles dit qu'il ressemblait à un éléphant dans une vitrine de porcelaines ! Peu à peu, il s'était retranché, rétracté. L'univers des hommes lui paraissait sans poésie, sans nuances, d'une simplicité cruelle. Il aurait voulu émigrer, voyager en un espace à la fois complexe et transparent, mais elles avaient toujours une façon de se débarrasser de lui, de le renvoyer à son univers de bureau, de pantalons repassés, de chemises et de paperasses. Il avait fini par s'habituer. Veuf, l'idée d'un autre amour l'avait parfois effleuré, mais quelque chose l'avait retenu, une méfiance, un scepticisme à l'égard des recommencements, ou tout simplement le fait d'avoir donné naissance à deux autres femmes que la sienne ; cerné par ces jupons, il avait rapidement perdu l'aveugle courage qui, parfois, nous vient encore de la curiosité.

Il s'était laissé aller, terne, avachi, et elles qui auraient eu besoin d'un père jeune avec lequel discuter de tout, avaient été obligées de pénétrer trop tôt dans le monde des jeunes gens — monde où il aurait dû les accompagner, les surveiller, les protéger, alors qu'il s'était pris d'une haine violente pour tous ces garçons pleins d'avenir qui paradaient devant ses filles, sans même lui demander d'entrer dans le cercle : l'atmosphère était bien différente à l'époque où Charlotte était encore vivante et où ils avaient l'habitude de plaisanter ensemble, ne sachant laquelle des filles plaisait à l'invité, à moins que ce ne fût Charlotte elle-même. Elle se trouvait mystérieusement de plain-pied avec toute cette jeunesse — quant à lui, depuis des siècles il se sentait en dehors de la vie.

Le balcon donnait sur un toit exposé au soleil, ce qui lui permettait, en ce beau mois d'octobre, d'observer les rites amoureux des pigeons. Tout était toujours pareil à la crête des toits de briques : les pigeons se pavanaient en équilibre sur les tuiles arrondies ; ils se suivaient, le mâle gonflait ses plumes, se rengorgeait, roucoulait derrière la femelle qui se donnait à elle-même de petits coups de bec; cette cérémonie qu'il finissait par trouver d'une morne stupidité, rehaussée aujourd'hui par l'éclat métallique du soleil d'automne dans lequel les oiseaux se vautraient comme dans un surcroît de bonheur immérité, lui inspirait des pensées d'une cruelle misogynie. Pourquoi cette femelle faisait-elle tant de façons, et, une fois parvenue au bout du toit, s'envolait-elle, si bien qu'il ne voyait jamais rien de précis? Peut-être les deux pigeons se rejoignaient-ils sur l'autre toit, en contrebas derrière la maison; malgré ses jumelles, il ne pouvait les surprendre et devait se consoler en regardant les vastes circonférences que ces oiseaux prolifiques, une fois rassemblés en grand nombre, traçaient dans le ciel.

Les filles, maintenant, étaient déjà mariées et il soupçonnait qu'elles avaient fait cette sottise de se lier aussi jeunes — avant même d'avoir vingt ans — à seule fin de ne plus voir la résignation morne que leur père exsudait. Sa fidélité à la morte, son manque d'aisance à l'égard des femmes (qu'avait-il à leur offrir, que pouvait-il vivre encore avec elles?), son inquiétude folle chaque fois que les filles sortaient avec tous ces gamins qui n'étaient, pour lui, que d'interchangeables voyous aux parades amoureuses aussi stéréotypées que celles des pigeons (sans jamais que les filles rapportent précisément leurs paroles ou leurs gestes), l'avaient usé jusqu'à la moelle. Ses vêtements, il les avait tous achetés du vivant de sa femme. Maintenant les doublures s'en allaient en lambeaux, toutes ses chaussettes étaient à jeter, les cols de ses chemises étaient élimés; il n'avait qu'à penser au regard que Cyprienne, la plus jolie des amies de ses filles, posait naguère sur lui, pour constater qu'il n'appartenait plus au domaine des êtres mais des choses.

L'appartement lui avait toujours semblé trop exigu, et, maintenant que les femmes étaient parties, aurait dû lui paraître trop vaste; il n'en était rien car, profitant de ce que personne n'attendait plus rien de lui — aucun mouvement, aucune initiative —, il avait ressorti et posé sur les meubles toutes ses vieilles lettres, ses vieux dossiers : des projets de voyage, des notes, d'anciennes factures, les lettres de ses filles quand elles étaient enfants ; il les avait accumulés en petits tas sur les guéridons et même les fauteuils, puisque personne ne venait plus jamais s'y asseoir. Ce désordre solitaire et suranné n'arrivait pas à se donner les allures de la vie.

Et comme, irrité par les pigeons, il avait tiré les rideaux et plongé la pièce dans la pénombre, une photographie tomba de toutes ces paperasses, voletant jusque sur la moquette : c'était un portrait de sa mère tout déchiqueté dont il avait autrefois recollé soigneusement les morceaux. Alors il se souvint comment il avait perdu confiance en Dieu. Ses parents l'avaient mis en pension dans une institution religieuse sévère, où le corps devait rester caché : les garçons avaient à peine le temps de se laver que déjà il leur fallait se dissimuler sous de chastes vêtements, de jour comme de nuit. La pension se trouvait assez près d'une voie ferrée, et la seule consolation de l'enfant était d'écouter le train fendre le silence de l'obscurité. Il aimait entendre ce rythme apaisant qui revenait toutes les nuits à heure fixe. Il imaginait les petits carrés lumineux des fenêtres des wagons-lits, avec ceux qui se déshabillaient pour gagner leurs couchettes, ou qui allaient au wagon-restaurant, et l'idée que tant d'êtres inconnus de lui passaient ainsi à sa portée dans la vastitude de la nuit le réconfortait.

Il avait d'autant plus souffert de ce pensionnat que son frère — son aîné de dix ans — était resté à la maison. Brillant sujet, il passait tous ses examens ; très beau, on eût dit le jeune page de sa mère, tandis que lui-même, Albert, était né trop tard, par erreur sans doute, sans qu'on l'ait prévu. De toute évidence, il avait dérangé sa mère à une époque de sa vie où elle aurait voulu évoluer, se hâter vers d'autres horizons. Si bien que malgré lui (et jamais cette cruelle vérité ne lui apparut avec plus de force qu'aujourd'hui, peut-être à cause de la blessante lumière du soleil hivernal), il avait forcé sa mère à régresser vers une existence qu'elle avait enfin quittée — une vie obscure, monotone, dont elle s'était délivrée, à peine son fils aîné capable de voler de ses propres ailes. Oui, à cause de lui, elle abandonna le travail qu'elle avait repris dans la joie de se sentir de nouveau elle-même, et peut-être son père s'était-il, de façon mesquine, obscurément réjoui de la voir ainsi obligée de rester à ce foyer dont elle s'était allégrement absentée.

A regarder les traits de cette photographie jaunie, il lui semble qu'enfant, il n'avait jamais connu sa mère. Elle avait pu, grâce à l'argent qu'elle gagnait, engager une domestique qui s'était occupée de lui, et il avait gardé un souvenir effrayé des folies de cette femme qui chantait des chansons obscènes quand ils étaient seuls tous deux et recelait des légumes dans sa chambre sans qu'il comprît pourquoi (« on ne sait jamais, disait-elle, avec toutes ces guerres... »). Il se souvient de son épouvante à la vue d'un chou-fleur que Madeleine avait enrobé d'un papier-journal et de sa frayeur d'enfant à l'idée du nombre de vers et d'insectes qui devaient y proliférer. Mais ses parents avaient fini par la renvoyer, sans doute parce qu'elle leur coûtait trop cher. Ce fut après le départ de la bonne que sa mère lui avait paru plus nerveuse, plus inaccessible encore, si bien qu'il s'était laissé emballer comme un paquet pour la pension sans même protester.

Maintenant l'épisode autour duquel rôde son attention depuis bientôt une heure exige de revenir à la surface malgré les rideaux tirés et sa somnolence : il sait bien qu'il entretient ce faux sommeil, cette rêverie diurne par une lâcheté qui sert tout ensemble à masquer et à nourrir le souvenir, tandis que le roucoulement des pigeons se confond avec la cadence du train perçue pendant les nuits d'angoisse au pensionnat. Il prend la photographie de sa mère entre ses doigts ; elle qui, d'accord avec son époux, l'avait fait élever par des prêtres, se tient debout devant la cheminée, dans une robe à falbalas, presque nue. Les épaules sont offertes, provocantes, et le sautoir en perles dissimule à peine le sillon profond de la gorge. Elle sourit, et ce sourire triomphant de poupée fardée rejette dans le néant tout ce qu'elle a laissé, ce soir-là, à la maison : le nourrisson tardif, ses couches et ses langes — car il n'avait que deux ans lorsqu'elle se remit à sortir —, et ses collègues qui l'adoraient avaient dû lui offrir cette soirée pour la féliciter d'avoir su montrer cette intrépidité que tout le monde lui enviait ; ils l'avaient fêtée au champagne et, d'une main aux ongles laqués, elle tenait bien haut sa frêle coupe pleine.

Il se souvient que sa mère lui avait donné ce portrait quelques années plus tard — quand il avait huit ans — afin qu'il le mît dans son album ; et lui qui, après la soif et la frustration de plusieurs semaines, s'était enfin précipité pour les vacances de Pâques à la maison, revêtu de son affreux petit uniforme noir et gris, avait contemplé avec stupéfaction ce qu'elle montrait aux autres : ces épaules dénudées, ces seins pointant sous le lamé, tandis que son corps à lui s'étiolait de plus en plus, étriqué, souffreteux. Il avait eu horreur de la fierté avec laquelle elle s'exhibait et sa haine s'était d'abord portée contre la frivolité de la flûte de champagne, puis, à peine sa mère avait-elle tourné le dos, il avait rageusement déchiré la photographie et jeté ses fragments au panier.

Aucun sentiment de trahison éprouvé par la suite n'avait rejoint l'amertume de cet instant. A y réfléchir, c'était de là que datait sa méfiance des femmes, méfiance que sa propre épouse n'avait vaincue qu'avec les années, mais qui s'était ranimée à l'adolescence de ses filles, toujours prêtes à le délaisser pour sortir, chanter ou danser. Cet instant l'avait comme recouvert d'un voile de solitude que rien ne pouvait complètement dissiper ; de là venait peut-être son aversion larvée pour son frère, car celui-ci, toujours fouineur et malicieux, sûr d'être préféré mais aimant affirmer son pouvoir face à l'intrus revenu, avait débusqué les lambeaux de la photographie dans la corbeille à papiers pour les mettre triomphalement sous les yeux des parents effarés.

Le coupable fut convoqué au salon et, comme punition, on lui infligea de recoller soigneusement les morceaux déchirés, si bien qu'il passa de longues minutes, ravalant des larmes de rage, à recomposer le portrait, vainement — il en eut l'intuition malgré ses huit ans — car l'image était à jamais abîmée. Tandis qu'il s'affairait à ce puzzle, il entendait ceux qui se targuaient d'être ses parents proférer des mots qui n'avaient aucun sens pour lui ; ils le stigmatisaient, le traitaient d'ingrat, d'iconoclaste, et les deux mondes entre lesquels il avait jusque-là balancé — celui du pensionnat et celui de la maison natale — cessèrent, d'un seul coup et ensemble, d'avoir pour lui la moindre réalité.

Ils se rappelle comment il en était arrivé, ce jour-là, à regretter le renvoi de Madeleine, soupçonnant que si elle thésaurisait des légumes près de son lit, c'était sous l'emprise d'un manque profond qu'elle n'avait su exprimer autrement. Ce manque, ils auraient pu le partager, se disait-il, tandis que des fragments de la photographie se collaient pernicieusement à ses doigts, et que sa mère, les yeux pleins de reproches, l'accusait d'une voix acariâtre d'être jaloux de sa beauté, de son travail, et jusque de ses collègues qu'il ne connaissait pas. Il avait dû poser — lors d'une réconciliation dont le seul souvenir le remplissait de dégoût — sa petite tête sur les genoux de sa mère, et elle avait tambouriné dessus, avec colère, de sa main refermée, ornée de bagues. Jaloux il l'était, et d'ailleurs il l'était resté à jamais, au point qu'il aurait volontiers tordu le cou à l'un de ces pigeons aux plumes hérissées de désir, comme autrefois il eût aimé trouver un prétexte pour souffleter un des beaux mâles qui rôdaient autour de ses filles.

Et la vie avait passé, ses parents, son frère, sa femme

étaient morts, sans que jamais cet épisode qui l'avait
tenu prisonnier de son étau n'ait remonté à la surface
avant ce matin où la photo de sa mère avait voleté sur la
moquette comme la plume d'un oiseau. Maintenant il
regardait ce cliché vieillot, avec ses traces de colle qui
formaient comme un fin réseau de veines, et il constatait
que malgré les cinquante ans révolus depuis cet événement qui avait meurtri son enfance, rien, absolument
rien n'avait changé, puisque, quand roucoulaient les
pigeons, c'était le même train qu'il entendait fendre la
nuit de sa mémoire, et que son corps était toujours ligoté
dans un costume sombre — alors, lentement, sachant
l'inutilité répétitive de son geste, il déchira de nouveau le
portrait jauni sans éprouver d'autre sentiment que l'indifférence.

QUEL ÂGE AVEZ-VOUS ?

Elle aimait s'asseoir au fond d'un café pour regarder les autres entrer ou sortir, maintenant qu'elle était vieille. Contrairement à ce que l'on pourrait croire, c'était avec soulagement qu'elle mâchonnait ce mot de *vieille*, car personne ne pouvait plus s'attendre à ce qu'elle plaise, à ce qu'elle soit jolie. Elle avait enfin toutes les excuses d'être ce qu'elle était : quelque chose de gris, de monotone, qui passait inaperçu. Plus jeune, elle avait arboré un air anxieux qui faisait peur ; à présent, sa médiocrité rassurait. Dans l'immeuble où elle s'était retirée, elle s'était même fait quelques amis : un vieux retraité, par exemple, qui avait vécu dans le faste au temps des colonies. Elle était comme délivrée de sa vie et se sentait vidée, car elle était allée de déception en déception, mais à son âge — soixante-dix ans — plus rien, n'est-ce pas, ne pouvait décevoir. Elle pouvait enfin accepter de ne plus connaître l'amour ; la chasteté avait cessé d'être une déficience ou une tare, tous ces mots — amertume, lucidité, fidélité, trahison — avaient perdu leur sens ; en somme, elle était entrée tout doucement dans la tranquillité.

C'est pourquoi elle fut péniblement surprise quand, ce soir-là, à la brasserie — elle s'offrait le luxe d'un bon dîner de temps à autre, dans un restaurant où l'on servait des mets qu'elle ne pouvait songer à mijoter dans sa cuisine exiguë — son cœur bondit dans sa poitrine comme si elle était ramenée des années en arrière : l'homme qui entrait était élégant, distingué ; il avait de beaux cheveux gris ; elle lui trouva une ressemblance avec un acteur célèbre autrefois ; il avait cette discrétion, cette gravité si rares de nos jours, et elle fut satisfaite de voir qu'il avait de belles mains lorsque, avant de s'asseoir, il sortit un livre de sa poche.

Elle comprit tout de suite qu'il attendait quelqu'un et se mit à attendre avec lui. Il ne regardait pas le livre ouvert sur la table, mais comme ces chiens fidèles assis tout droit dans les voitures qui attendent leur maître, tenait son regard rivé à la porte. Elle imagina toutes les créatures distinguées qui pourraient venir le rejoindre : femme de trente ans, ambitieuse et vitale ; femme de quarante, voluptueuse et parvenue à ses fins ; femme de cinquante ressemblant comme deux gouttes d'eau à celle de quarante ; femme de soixante ans, peut-être (car tel devait être son âge à lui) vêtue d'un tailleur strict, passionnée et mélancolique, compagne chaste et rêvée d'une vieillesse lucide — ce qu'elle aurait pu devenir avec un homme raffiné si seulement elle en avait rencontré un.

Elle sentit avec angoisse une sorte d'épaisseur l'envahir — elle, si transparente, devenue sagement le témoin de sa propre vie, était bousculée, tiraillée, et le rouge lui montait au visage tandis qu'elle chipotait élégamment sa tête de veau. Déjà elle s'imaginait être celle qui allait entrer pour rejoindre le séduisant étranger, et c'est tout juste si, de lui-même, son corps n'esquissa pas un mouvement pour se lever et s'asseoir à la table convoitée : elle en fut agacée ; cela faisait des années qu'elle avait appris qu'admirer ne signifiait pas devenir ce que l'on admire et voici que la distance prise s'abolissait cruellement, la laissant plus démunie — oh, bien plus démunie — qu'une toute jeune fille.

Mais le coup imprévisible qu'elle dut subir la laissa suffoquée ; l'être attendu ne ressemblait en rien à l'image qu'elle s'en était fait : c'était un garçon jeune, en blouson noir, à l'air vulgaire et buté. Ses cheveux étaient légèrement crépus, ses bottillons jaunes, à la mode ; son jean trop serré (en avait-elle vu, de ces jeans !) suggérait cette narcissique et féminine virilité dont hommes et femmes ne faisaient plus qu'une bouchée. Elle se versa de la vinaigrette avec rage, follement jalouse tout à coup ; ah ! elle était incorrigible ! se dit-elle avec une lueur de fierté amusée dans les yeux qui s'éteignit aussitôt quand elle dut convenir que personne n'était là pour la voir.

Le garçon s'assit en face de l'homme, jambes écartées, comme si le monde entier lui appartenait. Elle percevait bien qu'il avait faim car il énumérait plusieurs plats, mais elle fut irritée de constater qu'elle ne pouvait entendre tous les propos que ses voisins échangeraient. Le bruit de la brasserie était concentré vers la gauche où se trouvaient les cuisines et cette rumeur venait se fracasser comme les vagues de la mer entre elle et ce couple insolite qu'elle espionnait. Ses muscles se raidirent et elle reconnut la douleur ancienne : au fond, elle n'avait rien conquis ; tout était à refaire.

Le pire était qu'elle était devenue dure d'oreille. Jusque-là, elle n'en avait pas souffert, étant assez proche de ses voisins pour entendre, ou assez détachée pour se contenter de les épier en silence. Mais ce soir tout était différent : voir ne lui apprendrait rien ; l'apparence ici demeurait close et opaque ; elle n'arrivait même pas à deviner si ces deux hommes dînaient ensemble pour la première fois. Ecouter devenait urgent, crucial. Elle calcula qu'elle pourrait entendre si elle était placée de l'autre côté du couple, là où l'on était moins gêné par les ordres criés au chef et les tintements de vaisselle. Il est vrai qu'ils dialoguaient à peine, se dit-elle, pour prendre patience, effarée à l'idée que leurs paroles n'en seraient que plus importantes — si bien que, hors d'elle, obéissant comme une bête à son instinct aveugle, elle renversa son carafon de vin blanc en poussant de petits cris effrayés. Puis elle supplia le serveur de la laisser s'installer à une autre table, là-bas — la toute petite table immaculée — derrière ces messieurs.

Elle le saisit tout de suite : quelque chose n'allait pas entre les deux convives. Le ton de l'homme mûr était patelin, étouffé, comme s'il s'empêchait de hurler. Elle fut choquée d'en convenir : il y avait un je ne sais quoi de lisse et d'hypocrite dans ses intonations qui n'allait pas avec la luxuriance naturelle de ses cheveux gris. Il avait fait disparaître les lunettes qu'il portait en entrant et ses yeux bleus clignotaient à présent, s'efforçant d'irradier de manière juvénile. Elle remarqua combien ce regard jurait avec les roueries de la voix ; combien en définitive, tout sonnait faux chez cet homme, et la stridence de ce masque lui fit presque mal.

Le garçon assis en face dévorait sa nourriture en silence, le front bas sous des mèches noires. Il lui rappela Albert, un jeune boucher qu'elle avait connu à la campagne, quand elle était petite fille, pendant les vacances chez ses parents ; il l'avait marquée à jamais, les soirs où, devant la raccompagner en voiture à la pension de la ville, il s'était amusé à éblouir les lapins de ses phares. Oui, plus elle lorgnait ce garçon au blouson de cuir, plus elle lui trouvait un air de ressemblance avec ce meurtrier d'Albert qui s'amusait à piéger les lapins sous ses roues — à vrai dire elle en fut brusquement consciente pour la première fois : c'était à cause d'Albert qu'elle avait pris les hommes en horreur. Il adorait la reconduire ainsi dans l'obscurité, faisant la chasse aux bêtes apeurées, et elle n'avait jamais osé avouer à ses parents comment il l'avait forcée à ramasser les petits lapins pantelants pour les jeter dans le coffre de la voiture où il les achevait en leur tordant le cou. Alors, chaque fois, il lui fourrait brutalement sa langue dans la bouche. Tel avait été le secret de sa virginité bien gardée.

Elle avait refusé, après cela, de connaître l'amour et toute son existence n'avait été qu'un simulacre. Pour dissimuler son dégoût, il avait fallu feindre, et peut-être même feindre de plus d'une façon, car si elle avait aimé, elle n'aurait aimé que des femmes. Elle avait dû jouer le jeu habituel, normal ; elle s'était même, l'espace d'un mois, fiancée ; mais la langue du boucher s'était glissée entre elle et l'amour, et tous ces petits bals, ces baisers arrachés, ce désir de plaire et de virevolter, n'avaient été que supercherie. C'était peut-être la fausseté de l'assurance arborée par l'homme aux cheveux gris qui la fascinait maintenant au point qu'elle en était arrivée à le dévisager froidement, tranquillement, tandis qu'elle tendait son buste en avant dans l'espoir de voler ses paroles — n'était-elle pas en quelque sorte sa complice ? Sans doute avait-il, lui aussi, une histoire, avait-il subi quelque violence — la guerre, la prison —, le séparant des hommes comme des femmes ; il était plus jeune qu'elle, bien sûr, mais qu'importe, dans cette zone de la vie ; d'ailleurs, elle aussi, le voudrait-elle, parviendrait à tricher.

Cependant le dîner des deux convives touchait à sa fin et ils n'avaient encore proféré que des banalités. Elle n'avait rien pu surprendre qui lui révélât quoi que ce soit. Aussi fut-elle interloquée quand, l'homme ayant réclamé l'addition, le garçon sortit brusquement de son mutisme pour lui demander :

— Mais quel âge avez-vous ?

Ah, cette fois-ci elle pouvait les entendre et il le savait bien, celui que l'on interrogeait, et qui la regardait d'un air à la fois ironique et suppliant, tout en répondant :

— Cinquante ans.

Elle devina qu'il n'en était rien et fut troublée qu'il ait éprouvé le besoin de se rajeunir tout en l'observant comme s'il tenait à son approbation et voulait la prendre dans son jeu. Ce n'était pas de cette façon qu'elle rêvait d'être son acolyte, mais différemment, dans la connaissance qu'ils avaient tous deux — en ce qu'il fallait bien appeler la fin de leur vie — de l'inutilité des masques. Elle sursauta, brutalement arrachée à sa rêverie par la voix glaciale du jeune homme :

— Eh bien, tant pis ! Je n'aime que les hommes de soixante ! Vous n'êtes pas assez vieux pour moi, voilà tout.

Abasourdie, elle le regarda se lever, jeter sa serviette sur la table et sortir sans ajouter un mot, ni avoir, bien sûr, jeté un coup d'œil à l'addition étalée sur la nappe. L'homme aux cheveux gris ne manifesta rien, mais elle le vit se tasser légèrement sur sa chaise, et elle devina combien il était souffleté par son mensonge inutile. Il régla la note avec des gestes calmes et méthodiques tandis qu'elle s'affolait.

Ah non, il n'allait pas partir ainsi, la laissant seule, après l'avoir sollicitée du regard tout à l'heure ! Elle observa comment il tâtait de ses longues mains brunes la serviette jetée par le garçon, et se souvint d'une phrase atroce qu'elle avait entendue quand elle était jeune, prononcée avec mépris par une brune grasse et provocante : « Oh, *ils* finissent toujours par s'entourer de femmes — quand ils sont vieux ! » Elle fut effrayée de l'exaltation mauvaise que cette idée lui procura.

Mais oui, après tout, c'était à elle de jouer. On pouvait imaginer, maintenant que le garçon était parti, que leurs deux tables se frôlaient ; on pouvait presque dire qu'ils étaient là tous les deux voisinant sur la même banquette. Elle toussota légèrement en guise de préambule, mais ne réussit à émettre qu'un léger hoquet. Il tourna distraitement la tête et posa sur elle son regard de myope comme s'il la voyait pour la première fois. A la regarder, si mal fagotée, ses yeux vides se colorèrent d'un dépit violent :

— Et vous, quel âge avez-vous ? ricana-t-il.

Elle n'osait bouger, de peur que la laideur n'émanât d'elle comme une ombre. Elle se mit à réfléchir rapidement, confusément, sachant que l'instant ne se représenterait plus. Non, elle ne dirait pas qu'elle avait soixante-dix ans, ce serait trop facile : il pourrait la croire résignée, déjà de l'autre côté ; il pourrait croire ce qu'elle croyait, elle, quand elle était entrée ce soir-là dans la brasserie : qu'elle en avait fini avec l'enfer de l'amour et du manque d'amour (car les deux l'avaient en quelque sorte saccagée) ; il pourrait croire qu'elle était une femme vieillie, une grand-mère, une arrière-grand-mère, peut-être, avec une maison, des enfants, des petits-enfants, un mari quelque part, en voyage ou en province ; il pourrait se méprendre, croire qu'elle avait vécu, que la richesse de la vie avait été suffisante — alors qu'elle était encore neuve, et vierge, et que rien, absolument rien n'avait eu lieu, si bien qu'enfin, peut-être, elle et lui... et puis, après tout, il n'avait pas hésité, lui, il avait menti, il s'était rajeuni d'une dizaine d'années sans sourciller ; qui l'empêcherait de faire de même ? D'une voix douce à peine tendue (alors que son cœur battait à se rompre) elle répondit.

« Soixante ans, tout juste ! » et elle sourit avec coquetterie.

Il la regarda d'un air surpris, ses yeux pleins d'une pitié amère ; comme elle est déjà usée, se disait-il sans doute, songeant avec horreur qu'ils avaient le même âge. Il empocha la serviette que le jeune garçon avait tenue entre ses doigts avant de la jeter, se leva, et, se détournant d'elle avec une répugnance visible, il lui dit d'une voix hâtive avec cette gêne qui naît des affinités réelles mais refusées :

« Eh bien, alors, vous me comprenez ! »

LES GROTTES DE NEPTUNE

I

Il l'adorait mais, telle qu'elle était, elle ne lui suffisait pas. Il détaillait sans cesse ses attraits, elle plaisait aux autres, elle était intelligente, elle voyait tout en même temps que lui, ou même quelques instants plus tôt — il aimait bien être précédé pourvu que ce fût dans l'impondérable, et qu'il demeurât le seul à s'en rendre compte. Elle était exactement ce qu'il fallait pour qu'ils incarnent à eux deux — maintenant que son travail frénétique avait porté ses fruits — ce qu'on appelle révérencieusement un Couple : une entité unique, auréolée, quelque chose de glorieux et d'imputrescible. Et pourtant, justement à cause de cette perfection des choses, parce qu'ils formaient un monde clos qui se suffisait à lui-même, il sentait poindre comme une angoisse. Il ne savait si elle lui venait de la peur qu'il pourrait un jour perdre Emmanuelle et se trouver ainsi complètement exclu de la sphère, ou s'il éprouvait une sensation d'étouffement à se trouver au cœur de cette sphère elle-même.

Un tel amour, un amour comme le leur nécessitait, il en était sûr — et d'ailleurs tous ne cessaient de l'affirmer —, le couronnement d'une troisième dimension, d'un être qui, sans eux, n'aurait jamais existé, d'un enfant grâce auquel leur rencontre serait justifiée dans une durée presque immortelle. Etre le point de départ de toute une lignée ne menait-il pas jusqu'aux limites du temps ? Mais cet enfant n'apparaissait jamais. On eût dit qu'Emmanuelle se dérobait, cherchait à se réfugier dans des déserts où son corps à lui n'osait pas s'aventurer. Cette absence de fécondité, où il ne pouvait s'empêcher de lire comme un refus biologique, devait masquer une négation plus profonde : aussi, renvoyé à ses propres murs, à ses propres miroirs, il prit l'habitude de resonger à son enfance où, telle une étoile solitaire, brillait son amitié pour Goffredo.

C'était un garçon qui avait tout, tandis que lui-même, de condition modeste, ne possédait que ses parents et ses murs. Goffredo ne brillait point par son bon goût. Sa famille avait fait fortune depuis peu et, comme tous les nouveaux riches, il ne cessait d'énumérer ce qui lui appartenait, ravi d'éblouir son meilleur ami, jusqu'au jour où il en vint à lui poser carrément la question : « Mais toi ? Que possèdes-tu ? » Du seul fait qu'il ne possédait rien, Lucien s'était abstenu d'y songer ; il avait accepté comme une évidence que la boule scintillante de l'astre sur lequel vivait son ami était hors d'atteinte. Mais les propos de Goffredo mettaient à jour le trait d'union inquiétant entre le tout et le rien que Lucien avait, sans le savoir, toujours évité. La question une fois posée engendra ses ravages ; sa vie intérieure parut à Lucien tout autre que celle, si sereine, qu'il avait jusque-là fabriquée pour lui-même. Il se découvrait comme un Jonas effaré se frayant un chemin dans les parois mystérieuses de la baleine. Tout devint rêverie ambitieuse, désirs inassouvis, points d'interrogation aigus et douloureux. Goffredo l'avait particulièrement ébloui avec une description de grottes qu'il avait pu, grâce au yacht de son père, visiter en Sardaigne : parmi les stalactites et les stalagmites vieilles de millions d'années, fragiles, friables, mais blanches et indestructibles, régnait une lueur glauque éclairant une baie intérieure et secrète. Goffredo avait eu la révélation que Neptune lui-même s'était couché sur ce sable millénaire en compagnie de femmes et d'animaux fabuleux. Ce paysage, Lucien était condamné à ne jamais le voir car ses parents ne pouvaient lui donner l'occasion de voyager. Il finit pourtant par se découvrir un trésor que son ami n'avait pas : son chien Othello ; cette confidence faite sur le ton du défi, il fut surpris de voir naître chez son ami, pour la première fois, un sourire d'une mesquinerie indéniable.

La vulgarité de Goffredo ne pouvait plus être mise en doute : l'énumération de tant de richesses n'était pas un don mais une éclaboussure. C'est alors que Lucien s'abandonna complètement au rêve des grottes, richesses naturelles infinies, régions prénatales où les concrétions de pierre se rejoignaient avec des délicatesses cruelles d'aiguilles, univers de coquilles parfaites et compliquées à l'extrême, où la fantaisie de la nature était telle que l'imagination limitée des hommes avait été contrainte d'imaginer des ressemblances avec des éléments connus (le dôme de Saint-Pierre, un champignon géant, une tête de bélier), précisions qui ne convenaient que bien imparfaitement à la folie de ces formes surgies au niveau de la mer.

Dès lors, tout ce que possédait Goffredo à travers ses parents — voiture, yacht, villas ou œuvres d'art — ne compta plus pour Lucien, surtout depuis l'instant où il avait perçu la sournoise vilenie avec laquelle il avait voulu humilier celui qui se croyait son ami. Dorénavant, Lucien mit un malin plaisir à ne plus écouter Goffredo, à prendre l'air absent quand celui-ci énumérait ses possessions ; à lui suggérer perfidement que, de toute façon, ce qu'il avait de plus beau lui échapperait à jamais, car la beauté ne s'achetait pas, mais restait au loin, souterraine, souveraine, hors d'atteinte. Et voici que chaque mois, quand revenait la certitude qu'ils étaient, Emmanuelle et lui, stériles, le paysage de rêve ressurgissait de façon obsédante, avec ses grottes où un pêcheur ébahi avait dû se croire happé par la gueule de l'enfer. Il y avait bien des façons de connaître, et Lucien avait forcé Goffredo à prendre conscience de sa propre médiocrité : il ne savait rien de la naissance de ce site géologique, ignorait à quelle ère il correspondait, ce qui avait contribué à en former les strates, tandis que Lucien s'était spécialisé tout exprès sur de semblables formations, sur le bouillonnement sous-jacent des fleuves et des eaux, si bien que, des deux, c'était Goffredo qui se sentait le plus démuni. Lucien avait une vision autrement plus éblouissante, intérieure et complète de ce lieu mythique que le coup d'œil hâtif que son ami avait pu lui jeter du luxueux bateau de son père.

A présent qu'Emmanuelle lui niait ce qu'il avait espéré — cet essor de leur couple grâce au fait de le prolonger —, il se replia sur lui-même et sur cette période de son enfance, où, en classe, tout n'avait été que luttes et comparaisons, combat dont il était sorti victorieux tant il s'était entraîné à laisser son imagination délirer comme d'autres s'entraînent à dominer leur corps.

Et puis, brusquement, au bord de la mer, ils eurent l'espoir que le miracle avait eu lieu. Le médecin qui avait indiqué un traitement à Emmanuelle lui avait, en outre, conseillé les bains de mer et ils étaient partis dans une île se soumettre à cette suggestion. Mais elle, sachant pourquoi il l'amenait là, se retirait, rétive, indocile ; c'était toute une histoire pour oser l'approcher, et il ne le faisait plus qu'avec cette cruauté atroce du mâle qui veut féconder sa femelle. Emmanuelle se laissait faire, lointaine, absente, immergée dans son paysage secret — non point composé de grottes torturées comme celle de Neptune, mais beaucoup plus simple, triste et désolé : une petite mare où frémissaient des roseaux verts qui se tenaient frileusement ensemble, par groupes, autour d'une eau verdâtre ; des petits poissons argentés sautaient à sa surface et l'on entendait coasser les grenouilles ; un petit pont de bois noir enjambait doucement ces eaux croupissantes et c'était là que son esprit se plaisait à sombrer, tandis que son mari la traitait en femme incapable de remplir les conditions essentielles de son sexe.

A force de rêver, ou bien grâce à l'influence bénéfique de la mer, ils conçurent enfin l'enfant tant désiré. Lucien rayonnait de joie : tous ses complexes mesquins, le souvenir de cette époque où il avait été réduit à jalouser Goffredo, la grisaille de l'adolescence, seraient abolis par ce que sa femme et lui allaient jeter à la face de l'univers — ce rejeton qui aurait toutes les possibilités qu'il n'avait jamais eues, qui serait son double rayonnant, l'incarnation de ce qu'il aurait pu devenir s'il n'avait pas été confiné dans les difficultés et le manque d'argent dès sa naissance. Le chien dont il avait parlé à Goffredo était mort depuis longtemps, et, secrètement, il en avait conçu de la joie car la naïveté de sa réplique l'avait poursuivi d'une obscure amertume. Il en voulait au chien d'avoir eu la sottise d'en parler ainsi que d'un trésor — d'autant qu'il s'agissait d'un lamentable bâtard dont la peau laissait voir des plaques roses comme le cou déplumé d'un poulet.

Mais plus l'enfant grandissait, plus Lucien se sentait déconcerté. Comme si d'avoir été forcée alors qu'elle se rebellait, la nature vaincue par la médecine semblait se venger par la dérision : Martin n'était qu'une caricature absurde, presque obscène de son père. Lucien avait le nez fin et romantique : celui de Martin n'en finissait pas, glabre et pincé dans un visage terne comme celui d'un chevalier à la triste figure ; modeste et renfermé, il dédaignait de mettre à profit la fortune amassée par son père, fruit d'un labeur acharné ; il prétendait qu'il était maladroit, voire malhonnête, de se servir d'atouts que ses camarades d'école n'avaient pas ; il y en avait même qui se plaisaient à lui seriner la liste de ses privilèges, accompagnant leur rengaine de lamentations concernant leur propre sort. Il n'en pouvait plus, finit-il par confier d'un ton plein de ressentiment à son père, de cette injustice à rebours. S'il lui arrivait d'être premier, tous les autres enfants s'abattaient sur lui pour l'asticoter et il finissait par s'enfermer aux toilettes pour goûter à une solitude triste et puant l'eau de Javel.

Alors Lucien fut contraint de repenser à Goffredo qui, tardivement, trouvait encore moyen d'établir sa supériorité sur son camarade, ne serait-ce qu'à travers la négation : si Martin avait tout ce que Lucien avait regretté de ne pas avoir, il n'en voulait rien faire et méprisait son père à cause de la facilité des possibles, comme Goffredo l'avait autrefois humilié à cause du contraste de leurs conditions. Tout ce que Lucien avait réprimé en lui-même, avec sa générosité imposée par la morale, sa candeur naturelle confinant à la bêtise (le désir de voler, de faire souffrir, de torturer mentalement les êtres pour compenser son indigence naturelle, tout ce qu'il avait maté et réussi à taire, même le désir de tuer) grâce à son mariage, réapparaissait triomphalement chez son fils dans la splendeur d'une hypocrisie magistrale. Martin était voleur afin de pouvoir donner aux autres, et jouer ainsi de biais un rôle de bienfaiteur ; il était menteur car il profitait en sourdine de tout ce que son père lui donnait sans jamais en avouer la nécessité ni le remercier. Sombre et dissimulé, il cachait pour le plaisir de cacher, et, par principe, ne disait jamais où il allait, même s'il se contentait de stagner au coin de la rue. Le mensonge était pour lui un besoin congénital, une nécessité grâce à laquelle trouver son identité. Trop posséder l'avait transformé en mythomane de la pauvreté, en esclave des autres. Il était vicié, tordu par la culpabilité et Lucien souffrait chaque jour davantage de voir se développer en son fils ce qu'il avait tant voulu, à travers lui, conjurer. Sa situation devenait d'autant plus intenable que Goffredo, en quelques années, avait eu trois enfants superbes pour qui l'argent n'était ni un poids ni une prérogative, mais un moyen d'exister dont ils tiraient tout simplement de la joie. Rencontrer ces enfants avait rendu Lucien malade ; il voyait en eux une provocation de plus dont Goffredo devait être parfaitement conscient.

Quant à Emmanuelle, c'est tout juste si elle regardait cet enfant qu'elle avait eu malgré les lois de la nature : profondément, la texture de son corps l'avait depuis toujours refusé, et elle ressentait une admiration amère pour les progrès de la médecine qui lui avaient permis d'enfanter. Elle s'était toujours sentie piégée dans la sphère ronde et irisée de l'amour parfait où son mari avait voulu l'enfermer, car elle avait depuis longtemps cessé d'y croire : elle savait fort bien qu'elle pourrait, d'un coup d'ongle écarlate et sec, crever la bulle. Elle l'avait appris à ses dépens quand elle avait douze ans et qu'elle se consumait en secret (croyait-elle) pour un quadragénaire aux dents blanches qui, séducteur certain de son butin, l'avait un jour attirée contre son corps. Les parents d'Emmanuelle n'étaient pas encore rentrés pour un dîner qu'ils donnaient, et l'invité s'était présenté en avance, alors qu'elle devait s'exercer gauchement, pour la première fois, à son métier de « maîtresse de maison » et remplacer sa mère. L'homme l'attira vers lui brusquement et, souriant de toutes ses dents de mannequin, lui susurra : « On ne demanderait pas mieux, hein ? » Elle demeura interloquée, entourée par les débris de sa coupe de verre brisée, au centre d'un désastre sans précédent, moralement nue, et violée. Qu'on n'aille plus lui parler d'amour, après cela ! Elle qui avait pensé à lui dans le silence pudique des nuits, elle qui n'avait jamais prononcé son nom devant quiconque, se trouvait révélée à elle-même devant celui envers qui elle tenait à garder le secret. Si elle avait aimé Lucien, c'était précisément pour son sérieux presque exagéré, pour sa volonté de travail tellement éloignée de cette frivole vulgarité. Mais la délicatesse de son premier amour à jamais ternie et froissée, elle savait que le second ne serait jamais qu'une pâle consolation du moment affreux où cet homme, avec ses dents de cannibale, l'avait accusée de le désirer.

Au commencement, elle n'avait pas deviné qu'à travers cette passion quasi maladive pour le travail, Lucien masquait l'obsession de rejoindre Goffredo, et même d'en faire plus que lui. Après la naissance de Martin, comme Goffredo avait trois enfants, Lucien se mit à échafauder d'autres projets à haute voix devant Emmanuelle — mais elle se rétracta, impatiente d'émerger de cette prison où il prétendait l'enfermer. Car cette histoire d'une troisième dimension, et que l'amour, s'il est éperdu, a besoin de créer un être qui en soit le prolongement, lui paraissait aussi absurde que l'enseignement qu'elle avait appris quand elle circulait entre les jupes des nonnes : Dieu avait créé l'homme par amour, à son image. Belle image, en vérité ! Belle image, si elle se souvenait (et elle se souvenait souvent) de ce vampire lubrique qu'elle avait stupidement révéré dans les nimbes de l'adolescence alors qu'il prétendait la happer de sa langue fourchue comme celle d'un lézard aux aguets parmi les rochers.

A ses yeux, Martin demeurait un être irréel ; elle ne voyait pas en quoi il incarnait cette percée vers l'inconnu dont ses parents avaient rêvé. A vrai dire, l'émotion qu'elle avait éprouvée à travers la maternité ne concernait en rien son mari, mais plutôt son gynécologue, cet homme qui avait su plier la science à ses desseins ; le père de l'enfant, pour elle, n'était pas du tout Lucien qui l'avait si difficilement fécondée, mais l'homme de science grâce auquel elle était devenue semblable aux autres femmes. Mais non, elle n'était pas devenue comme les autres femmes, car au lieu d'aimer l'enfant, ou son père, au lieu d'éprouver un sentiment maternel ou conjugal, elle s'était retrouvée la proie d'une passion absurde et violente pour cet homme qui, doucement, lui avait permis de mettre un être au monde, en l'aidant avec tendresse au lieu de la violer moralement et physiquement comme celui qu'elle avait nommé son premier amour ou celui qu'elle appelait maintenant son mari. Les mots *amour, mari, enfant,* n'avaient d'ailleurs, pour elle, aucun sens, pas plus que n'en avait le mot *amant* puisqu'elle se sentait étrangère à son corps. Et cet enfant qui persistait à lui ressembler aussi peu, avec son allure chafouine et ses yeux trop rapprochés, elle était prête à le donner, à le vendre — le seul miracle dans tout cela avait été l'ovulation rendue possible par le savoir d'un inconnu, le fait que sa stérilité ait été vaincue par le médecin.

Il devenait impossible à Lucien d'affirmer quoi que ce soit à travers son fils Martin puisqu'Emmanuelle et Goffredo considéraient tous deux son existence avec la plus totale froideur. Martin était vivant, il fallait l'habiller, l'envoyer à l'école. Voilà tout. Il était un enfant parmi tant d'autres — des millions d'autres — à s'affairer inutilement sur le globe ; il n'avait rien de particulier, sa laideur était banale et terne ; tous les désirs de durée, d'achèvement et de perfection ne pouvaient qu'avorter en sa présence. Mais pourquoi lui en vouloir de n'être pas singulier ? Les gènes de Lucien s'étaient parfaitement exprimés à travers le côté négatif de l'enfant : celui qui n'a pas réussi en temps voulu s'impose par la vengeance ou le manque. Emmanuelle, qui s'était sentie annulée à travers la maternité, considérait cet être comme un étranger qu'un caprice physiologique avait introduit dans sa vie. On ne pouvait se révolter contre ce qui avait transité à travers son corps, mais on pouvait choisir de l'ignorer, et refuser d'en être modifié ou atteint.

Que cet enfant ait été exactement le double de cette part de lui-même que Lucien ne voulait pas connaître, finit par séparer le couple. Chacun, dans l'ombre d'un lit glacial, ironisait sur les espérances liées à la troisième dimension. Ils passèrent ainsi quelques années, les yeux fixés au plafond, au supplice chaque fois que l'enfant vagissait, rêvait, ou faisait irruption dans la pièce. Comme s'il avait l'intuition de fournir à ses parents la preuve du dérisoire, Martin finit, au grand soulagement de son père et de sa mère, par demander d'une voix douce, mais nasillarde, s'il pouvait aller en pension. Cette permission lui fut accordée avec un empressement qui le confirma dans le bien-fondé de son choix. Alors, enfin libres de se haïr honnêtement, mari et femme se jetèrent à la tête certaines vérités qu'ils avaient tues à cause de l'enfant. Son absence finit par les séparer aussi complètement que sa présence avait menacé de le faire. Emmanuelle connut enfin le véritable sens du terme délivrance.

II

Pourtant Lucien continua de vivre avec l'obsession de son double. Plus que jamais, les rapports entre hommes et femmes ne lui paraissaient avoir de signification que s'ils donnaient naissance à une autre vie. Il n'en savait rien, mais sa misogynie progressait au point qu'une femme ne trouvait grâce à ses yeux que si elle était encore célibataire, en bonne santé, capable d'être à l'origine d'une belle lignée. Tandis que Martin s'étiolait dans son pensionnat et qu'Emmanuelle voguait vers un autre destin, il fit la connaissance d'Angèle. Elle appartenait à une autre époque : coquette, pieuse, assez pauvre comme Lucien l'avait été pendant son enfance, elle fut éblouie par les complications — pourtant bien simples — de cette vie ratée. Angèle rayonnait de simplicité là où, plus que jamais, Lucien paraissait emprunté, en proie aux regrets et au prurit généralisé de la frustration. Même Goffredo, excédé, lui battait froid. Il n'y avait plus d'autre solution pour Lucien que survivre ou mourir ; or il ne pouvait survivre qu'en assouvissant sa quête : la gestation d'un être radieux qui, sans lui, n'aurait pas vu le jour.

Parfois il songeait à l'ambiguïté de cette exigence et se disait, non sans un soupçon d'orgueil, qu'il se voulait l'égal de Dieu. C'était bien ce qu'il incarnait aux yeux de la modeste Angèle, pâtissière de son état, habituée aux volutes rassurantes des gâteaux et des crèmes. Cet être blafard qu'était Lucien, consumé d'ambitions somme toute assez médiocres, pourvu de sérieuses économies et d'un passé lourd de difficultés, lui parut égaler à la fois le Créateur et Satan. Elle se mit à rêver de lui faire un enfant qui serait beau comme un angelot. Elle-même était belle, suave, naïve et blonde comme une madone d'Epinal, bien en chair, avec une peau de blonde légèrement blanchâtre où les doigts laissaient tout de suite une trace, ce qui ne manquait pas d'inspirer à Lucien un sentiment de puissance jusqu'alors inconnu ; oui, ces ·cinq marques blanches lui paraissaient les stigmates de l'amour qu'il avait toujours cherché. Son divorce n'ayant fait aucune difficulté, Lucien se trouva libre d'épouser Angèle. Il n'eut même pas le temps de s'inquiéter ou d'attendre, car elle se trouva enceinte dès le premier mois. Il en conçut paradoxalement un certain dégoût : il lui semblait qu'elle ne lui avait même pas permis de la façonner, de la marquer le moins du monde, si bien que cet enfant qu'elle allait lui donner, loin d'être son double, ne serait que le surgeon d'une jolie fille qu'il avait peut-être choisie à la hâte pour la couleur de sa peau.

L'enfant naquit, un poupon sans rides, blondin et frisé,

semblable à ces moutons ou à ces petits veaux qui gagnent le premier prix des foires. Tout au début, il ressentit une grande fierté, et puis, très vite, il fut confirmé dans son sentiment d'avoir été berné. Qu'était-ce donc que ce petit Jésus de cire, épanoui et serein, sans un pli dans sa peau, avec un nez rond minuscule et de grands yeux bleus ? Jamais rien ne lui avait si peu ressemblé. Tous les jours, par sa différence triomphale, ce nourrisson narguait toute notion d'affinité ou de paternité. Lucien n'avait rien de commun avec cette bonne santé opaque qu'à voix basse il qualifiait d'épaisse et de prolétaire : l'enfant ressemblait à l'un des gâteaux de sa mère, voilà la vérité — on aurait dit de la crème Chantilly, de la crème fouettée, un de ces desserts blancs et soufflés qu'elle servait aux clients. Il n'avait pu la persuader d'abandonner son commerce malgré son mariage ; elle y tenait dur comme fer, et, à peine trois mois écoulés, elle confia l'enfant aux bons soins d'une nurse et retourna à son ancien métier.

L'enfant était toujours parfaitement soigné, bichonné, habillé de bleu et de blanc, et il semblait à Lucien que le temps n'en finissait pas de passer : il aurait voulu que ce bébé se dépêchât de grandir, voilà ce à quoi il songeait dès qu'il avait un instant de libre — qu'il devînt un garçon, quelque chose de moins informe et de moins rond, de plus mince et marqué. Lucien se mit à penser avec une nostalgie intense à son fils aîné, mais il savait qu'il était désormais trop tard pour le récupérer : Martin ne lui pardonnerait jamais le pensionnat où il avait été exilé et où son père était allé si peu le voir. Martin était devenu un autre — mais curieusement, en même temps, il était devenu la vivante réplique de son père et Lucien l'évitait pour ne pas reconnaître en ce fils tout ce qu'il n'aimait pas en lui-même. A vrai dire, il en avait peur ; il devinait dans ce regard chafouin sa propre avarice, ses velléités de meurtre et de vengeance, ses lentes ruminations, telle son inutile hantise d'égaler Goffredo.

Le pire était qu'une rage irrationnelle et puissante se mit à l'envahir devant la fécondité facile d'Angèle car celle-ci était de nouveau enceinte. Il ne voyait pas comment ; il ne se souvenait absolument pas de l'acte d'amour précédant cette conception puisque leurs nuits étaient toutes pareilles, enveloppantes et charnelles, et il se sentait prisonnier d'un vaste ciel blanc d'où ne sortiraient que des robots dessinés par des anges. Dans le couple qu'ils formaient, elle et lui, il se sentait utilisé, ravalé au rang de femelle ; c'était elle, le mâle reproducteur qui avait décidé de lui donner une lignée où jamais il ne retrouverait ses traits, il en était sûr d'avance tellement ce sang et ces gènes féminins étaient, de toute évidence, supérieurs aux siens. Qu'avait-il donc à voir dans toute cette famille, se demandait-il, triste tout à coup de ne pouvoir déverser ses doléances dans l'oreille compréhensive et noire du bâtard Othello. Mais le chien était mort, et des enfants allaient naître, tant qu'il en voulait — une dizaine peut-être.

Elle les portait superbement jusqu'à la fin, trônant dans la pâtisserie et donnant ses ordres comme si de rien n'était, en sécurité dans ce monde de pâte feuilletée qui n'existait que pour les riches, les clients préservés, les grasses femmes soignées, les petits caniches au collier gravé — jamais il n'avait vu, quand il passait chercher Angèle, un seul visage insolite pénétrer dans cette pâtisserie : rien qui laissât prévoir le penseur, le maniaque, l'artiste ou le génie. Les gâteaux d'Angèle n'attiraient qu'une clientèle fade et bavarde, déjà gavée de douceurs, et il se faisait dans son esprit une effroyable équation entre les berceaux blancs de ses enfants et les éclairs à la crème, les charlottes et les puits d'amour vendus par sa femme.

C'est ainsi qu'ils mirent trois enfants au monde sans qu'aucun d'eux ne ressemblât à Lucien. Il lui restait peu d'argent à présent, car il avait fallu payer le pensionnat de Martin, et, avec toute cette vie derrière lui, il se sentait pauvre et neuf comme au premier jour. Même son rêve des grottes de Neptune était abîmé par la réalité des pâtisseries compliquées qu'Angèle faisait livrer pour les grandes occasions — fiançailles ou mariages — qui semblaient moquer les stalactites décrites par Goffredo. Les grottes de Neptune qu'il avait cru voir, quelle farce ! Quelle diabolique imagination due sans doute à l'esprit pervers de son ami ! Lucien avait eu deux femmes, et quatre enfants, mais à vrai dire, c'était comme s'il n'avait rien eu du tout.

L'ambiguïté de la situation lui semblait augmenter tous les jours. Le comble de l'absurde fut atteint le jour où, allant chercher Angèle, il aperçut Martin affalé dans un coin de la pâtisserie, arborant un air mauvais. Il ne lui avait jamais encore présenté ses angelots de crème, car ces deux aspects de sa vie tellement contradictoires lui paraissaient inconciliables. Mais visiblement Martin s'était entendu avec Angèle derrière son dos pour opérer un retour au sein de sa famille. Lucien s'était senti obligé de le présenter à Angèle avant le mariage puisque sa vie passée avait toujours fasciné cette âme ignorante et simple, et elle avait tenu à y participer, coûte que coûte, elle, l'innocente, pour ne pas être en reste.

Et maintenant, au lieu d'être heureux de voir le kaléidoscope de son existence former un dessin cohérent, il s'aperçut, tout en éprouvant une certaine horreur à l'égard de lui-même, qu'il ne supportait son échec que si les deux volets de sa vie demeuraient distincts. Ce n'est qu'à travers la certitude qu'Emmanuelle ignorait tout d'Angèle et Angèle tout d'Emmanuelle, qu'il retrouvait un semblant d'intégrité. De cette situation, dont il avait créé la dualité, du moins pouvait-il se croire le maître. Mais une fois de plus il avait été bafoué, dépassé par les femmes et ce à travers l'obstination de son propre fils qui avait tenu à réintégrer « la famille » et connaître les angelots ; ravie de jouer à la mère universelle, Angèle avait ramené chez eux le fils absent, obscurément heureuse à l'idée qu'elle parviendrait ainsi, un jour, à connaître Emmanuelle.

Décidément, il ne comprenait rien à sa femme. A sa place, il eût été consumé de jalousie rétrospective, mais elle, trônant parmi les êtres comme parmi les gâteaux, n'éprouvait rien d'autre qu'une générosité voyante qui lui paraissait insipide comme un sorbet sans goût. D'ailleurs, il avait pris les desserts en horreur, et comme pour irriter la pâtissière, ne prônait plus que les mets piquants, couscous ou plats assaisonnés au curry; il la critiquait dans tout ce qu'elle faisait, en vain, car elle s'arrondissait chaque jour un peu plus, victorieusement entourée de ses rejetons. Un jour, elle lui annonça, triomphale, qu'elle allait au cinéma avec Martin et sa mère: c'était cruel que ce garçon continuât de se sentir rejeté, partagé; elle, pour sa part, comprenait parfaitement que Lucien se fût marié trop tôt, poussé comme il l'avait été par son besoin de s'établir trop vite et de gagner de l'argent.

Dans cette clarté qui réduisait à néant ses souffrances passées, Lucien se sentit de plus en plus loin des choses, poussé hors de la vie, bousculé par les femmes et les enfants, mis à la porte de chez lui comme de son propre esprit. Il avait gagné de l'argent comme Goffredo, il avait même eu un enfant de plus que son ancien ami, mais il se sentait submergé par ce qu'il avait provoqué et dont il n'était que l'instigateur impuissant.

Il était seul désormais, et s'il avait encore quelques affinités avec un être au monde, c'était avec Martin. Mais il savait que cette entente était pernicieuse pour eux deux, tissée de leurs défauts communs, et qu'il devrait la laisser détruire par Angèle qui s'entendait si bien à édulcorer tout ce qui était malsain. Une amitié étrange s'était nouée entre les deux femmes — Emmanuelle, devenue décoratrice, et la pâtissière — dont il se doutait fort que le lien principal était le mépris apitoyé, sans méchanceté aucune, que les deux femmes éprouvaient à son égard. Il n'avait plus aucun sentiment d'exister. Même la solitude de ses deux pans de vie lui était dérobée par l'entente et les confidences échangées entre ses deux épouses. Mais ta vie s'arrange à merveille! se fût écrié Goffredo avec son ironie habituelle s'il avait été au courant de cette situation ridicule. Pour lui, elle s'arrangeait si bien qu'elle se refermait, lisse et compacte comme l'eau indifférente au-dessus de la tête d'un noyé.

Il savait à présent qu'il ne pourrait plus jamais annuler sa médiocrité personnelle par un fils qui lui ferait honneur tout en lui ressemblant. En même temps, la certitude que la vie serait encore longue, très longue, l'accablait d'avance, avec tous ces enfants qui vieilliraient avant que lui-même n'ait accès au repos de la mort. Il lui faudrait subir tout cela, subir jusqu'à la lie le développement de ces vies dont il ne pourrait même pas se dire qu'il les avait fait naître par erreur.

Aussi, le soir venu, au côté de la masse imposante de l'épouse, il se faisait tout petit, tout vieux, comme ce pêcheur racorni et brûlé par les tempêtes qui, un jour, au quatorzième siècle, avait dû perdre la raison en s'aventurant avec sa petite barque dans l'enfer contourné des grottes de Neptune.

L'HEURE DU COURRIER

Olivia tressaillit à la vue des lettres apportées par Dorothée. Elle prenait avec Maurice un petit déjeuner plutôt morne, et soudain ce qu'elle avait cessé d'attendre avec tant d'angoisse, ce qu'elle n'épiait plus du coin de l'œil, se trouvait là de nouveau. Pendant des mois, il avait fallu supporter ces petits mots venus de province. Olivia savait parfaitement quelle main les avait tracés, car ils portaient le cachet de la poste de Tours. Elle n'était pas prête d'oublier cette soirée où son mari s'était consacré à sa voisine de table : quoi de plus facile que de la séduire, pauvre biche effarée, esseulée, dont le mari était mort la laissant sans la moindre idée de la façon dont gérer sa fortune, à croire qu'elle était encore une de ces créatures rêveuses des années trente — comme elle aurait bien voulu l'être, elle, Olivia, toujours obligée de se dominer, et de dominer sa journée, à cause d'occupations destructrices et multiples.

La vie avait fait d'elle une femme affairée et virile ; aussi fut-elle remplie d'un mépris instinctif pour ces yeux éplorés de gazelle qui se tournaient vers son mari dans tout l'éclat d'un vide entretenu par les collyres et la soumission. Naturellement Clarisse — car elle portait ce nom de nonne, comme pour se voiler et se faire désirer davantage — Clarisse, c'était visible, prenait Maurice pour un homme fort. La faute en était à Olivia elle-même qui avait fait croire, pour satisfaire sa propre réputation, qu'elle vivait avec un homme plein de caractère. Comment révéler que Maurice avait ses insomnies, ses obsessions, qu'il avait peur de voir ses dents s'abîmer, qu'il souffrait de dispepsie, de phobies, qu'il était hanté par la possibilité d'une guerre atomique? Il était entendu, sa situation l'exigeait, qu'il savait régenter les événements et qu'il était d'une santé de fer. Cela n'empêchait pas qu'il fût la proie de tics et de manies : sa passion d'économiser l'électricité, par exemple ; à peine sortie de la pièce, il fallait qu'Olivia éteignît la lumière sous peine de subir une semonce dont les termes étaient toujours les mêmes.

Mais ces petits travers n'avaient rien de grave, si elle les comparait à ceux d'autres maris : celui d'Esther était tellement avare qu'il avait mis un cadenas sur le téléphone ; celui de Fanny pérorait sans arrêt au point que l'atmosphère en devenait étouffante, pareille à un soir d'été sur du macadam ; celui de Marthe était chauve comme un genou ; or, Olivia avait une passion animale pour les fourrures et toisons. Sa solidarité avec Maurice avait des justifications complexes : les mesquineries et les défauts que l'on tait et dissimule aux autres, ne cessent-ils pas tout simplement d'exister ? Elle avait réussi jusqu'ici à se contenter de ce semblant de vérité, mais celle-ci s'effilochait depuis quelques mois. Le rôle auquel son mari l'avait astreinte, alors qu'elle avait horreur des rôles — celui d'une femme de tête —, lui convenait aussi mal qu'il eût convenu à Clarisse, encore plus mal sans doute : après tout, Clarisse avait hérité une grosse fortune, son mari était mort sans avoir eu le temps de lui donner des enfants, ce qui attendrissait les hommes, toujours virtuellement maîtres d'une terre vierge où aucune semence n'a levé. Une femme sans enfants leur appartient mieux et davantage, pensent-ils, et Olivia avait rencontré plusieurs hommes qui, après l'avoir dévisagée avec plaisir, et même d'un petit air de concupiscence chafouine, s'étaient détournés d'elle, le visage terne et gommé quand les enfants avaient fait leur entrée.

Le pire était qu'Olivia avait peur d'être de nouveau enceinte : cet état béni qui l'avait autrefois apaisée ne se manifestait plus cette fois-ci que par une hargne nerveuse ; de toutes ses forces, elle refusait cette possibilité de donner encore la vie. Ce refus était lié à l'existence de Clarisse — non pas du personnage de Clarisse mais de l'attitude prise par Maurice qui, après cette rencontre, s'était mis à mentir. Olivia disait mentir, mais Maurice n'acceptait pas ce terme ; il préférait le mot *oublier*. « J'ai oublié », avait-il pris l'habitude de répondre, le regard vague dès que celui d'Olivia, implacable et gris, devenait interrogateur. Bientôt, pour lui faciliter la tâche, elle préféra quitter la pièce à l'heure du courrier, afin qu'il fût seul à savourer la joie qu'il éprouvait devant le timbre et le cachet de Tours. Mais avant d'en arriver là, choquée de ce que leur entente fût mise en question par la rencontre fortuite d'une femme dont l'attrait majeur était d'être vulnérable (alors qu'il était exigé d'Olivia qu'elle fût adamantine) — tout au début, donc, quand elle l'aimait encore et désirait conserver leur confiance réciproque, elle avait espéré qu'il eût l'honnêteté de se trahir lorsqu'elle lui demandait : « Tu as reçu des lettres intéressantes, ce matin ? » Il arborait aussitôt un air morose, dissimulant sous le journal l'enveloppe qu'elle avait repérée du coin de l'œil : « Mais non, mais non, toujours ces éternelles lettres d'affaires ! » Son air accablé voilait mal une légère expression de triomphe dont elle se demandait si, par perversité, il ne la faisait pas naître exprès.

Elle le laissait lire derrière l'écran du journal et

s'étonnait des fadaises sentencieuses qu'il inventait après avoir bu son philtre d'amour. Voilà tout l'effet que cela lui faisait ? Si Olivia avait reçu une missive semblable, elle n'aurait jamais pu la lire devant son mari, mais serait allée s'étendre sur son lit, chevelure dénouée, pour mieux la déchiffrer dans le silence sensuel d'une chambre fermée à clef — ce qu'elle avait fait avant de rompre avec Etienne. Ainsi, jour après jour, put-elle constater les fulgurants progrès de Maurice dans l'art des faux-fuyants. Elle finit par s'emporter, par tout lui dire ou presque : ce qu'elle avait perçu, deviné — il fut stupéfait qu'elle eût discerné ce qu'il était certain d'avoir si bien masqué. Il la regarda comme s'il avait marché sur une vipère, comme si c'était *elle* qui s'était nourrie d'une existence mensongère, et non pas lui qui continuait de vivre faussement à son côté, tout en prenant sa petite drogue de Tours, comme on boit un aphrodisiaque, à heure fixe. Naturellement, il nia tout en bloc, la traitant de visionnaire et de folle.

Bientôt, ce fut pire : il n'y eut plus de lettres. L'expression de Maurice se figea dans l'immuable. Olivia se mit à réfléchir et l'espoir la souleva qu'il eût renoncé à Clarisse. Tout reprit de la transparence : les enfants, les efforts, les voyages qu'ils avaient faits ensemble redevinrent leur patrimoine commun. Elle-même avait, voici quelques années, frôlé le désastre : elle s'était laissé envoûter par la magie d'une correspondance, ce lien ombilical qui tient les êtres au bout d'un fil comme le marionnettiste ses créatures. C'était à l'époque où son ami Etienne était tombé amoureux d'elle. Ils avaient échangé quelques messages passionnés jusqu'au jour où, lassé de ce qu'elle ne se décidât pas à tromper Maurice, l'ami avait cessé d'écrire.

Quand Etienne avait renoncé à leur correspondance, par un détour de l'esprit dont elle voyait bien l'absence de logique elle avait détesté son mari l'espace de quelques semaines : que tout fût imbriqué, que l'attitude de certains êtres pût réagir sur d'autres qui ne les avaient jamais rencontrés, voilà qui devenait d'une inquiétante évidence.

Si la correspondance entre Clarisse et son époux avait brusquement cessé, c'était peut-être pour la raison inverse du silence observé par Etienne ? La jeune femme avait dû quitter Tours pour Paris et le couple était convenu d'un lieu secret où se retrouver. Il était possible que ces rencontres, qu'elles aient encore lieu ou qu'elles aient cessé, n'eussent pas été d'une grande importance pour Maurice, tant celui-ci se montrait toujours aussi empressé auprès d'Olivia ; oui, ce mot empressement décrivait assez bien une politesse amoureuse jamais en défaut. De toute façon le mal était fait : il était concentré dans ces lettres, qu'elles représentent beaucoup ou peu. En fin de compte, c'était moins les lettres qui comptaient que leur effet sur Olivia — un effet intense, indélébile. Que Maurice lui ait menti ou pas se diluait dans le non-sens : ce qui se découpait cruellement, comme un arbre nu à contre-jour du soleil couchant, c'était que Maurice avait fait d'elle une femme méfiante. « Une véritable harpie ! » se serait-il exclamé si, par exemple, il l'avait découverte à quatre pattes, en quête d'indices, fouillant la corbeille, tel un animal fureteur, inconscient du fait que c'était lui-même qui l'avait réduite à semblable extrémité. Qu'elle fût devenue un chien policier, il y avait peut-être là de quoi la quitter, mais qui lui avait donné des raisons de se transformer ainsi en bête dressée à flairer les traces ? Elle sourit amèrement, songeant qu'il suffirait d'une chose bien simple : qu'elle cessât de l'aimer, pour que la vie redevînt cristalline.

« Rien n'est pareil pour un homme et une femme », avait-il coutume de dire et c'était vrai, mais pas au sens où il l'entendait. Pour lui, tout finissait là où, pour elle, tout se mettait à vivre. Ce qui avait momentanément lié

Clarisse à Maurice avait pénétré dans l'esprit d'Olivia, et cette présence pernicieuse, comme celle des parasites qui s'agrippent et s'installent sur les parois du dedans, exigeait de croître. Aurait-elle commis l'indiscrétion de lire les lettres de Tours (ce qu'elle ne ferait jamais, prévoyant combien chaque mot ne manquerait pas d'ouvrir de nouvelles perspectives) qu'elle n'aurait rien appris : elle ne pouvait ressentir ce qu'avait ressenti Clarisse ; de plus, les réponses de Maurice lui manquaient. Elle savait que les sens de certaines femmes s'aiguisent grâce à la jalousie : la seule idée que leur époux soit dans les bras d'une autre, leur facilite le plaisir. Elle n'y pouvait rien si elle était faite autrement et l'idée de voir la peau nue de Maurice, qu'elle avait tant aimée autrefois quand, tout jeunes, ils brunissaient ensemble au soleil sur les rochers, au contact d'une autre, allait jusqu'à lui inspirer du dégoût.

Elle constata que Maurice avait l'air plus détendu depuis que les lettres de Tours avaient cessé de lui parvenir. Pourtant cela ne permettait de rien conclure. Ou bien Maurice était ravi d'être débarrassé de Clarisse, ou bien il la voyait régulièrement, et chacune des deux femmes qu'il bafouait renforçait le désir qu'il éprouvait de l'autre ; multiple, il demeurait seul dans la béate solitude impersonnelle du mâle. « Ce n'est pas pareil pour un homme et une femme ! » Que de fois avait-il tenu ce propos, prévoyant avec bonheur qu'un jour les choses changeraient, quand il serait passé dans les mœurs d'aimer plusieurs êtres des deux sexes à la fois sans éprouver cette stupide jalousie animale qui nous vient de l'éducation chrétienne. Etrange lien entre la bestialité et la religion, se disait-elle, se gardant bien de discuter, tant elle était fascinée par les veines du cou de Maurice qui se gonflaient d'aise comme si cette agréable perspective ne concernait que lui seul, tandis que, de son côté, elle imaginait l'horreur de corps amoncelés, obligés par la liberté triomphale des mœurs de forniquer ensemble.

Mais ce matin-là, devant l'enveloppe blanche revenue, elle se rebella. On disait du rouge (elle revit l'unique fois où Maurice l'avait traînée à une course de taureaux, quand la cape du toréador lui avait blessé les yeux) qu'il était la couleur de la violence, que dire alors du blanc ? Ils s'écrivaient donc de nouveau ! Clarisse serait rentrée à Tours ? Quelles modifications allaient se produire sur le visage de Maurice ? Elle le scruta subrepticement, mais ne vit rien, absolument rien. Il portait maintenant le masque légèrement empâté des hommes habitués à traiter les affaires dans les halls des hôtels ; il avait l'air d'un de ces mannequins bien habillés qui traversent le Hilton, une serviette de cuir sous le bras, à qui rien de désagréable ne peut arriver puisqu'ils ont mis l'argent de l'univers dans leur poche. Elle lui lança un regard farouche et trouva qu'il n'avait plus rien d'humain.

Elle éprouva l'étrange sensation que ses pupilles devenaient dures comme des pierres dans un visage qui s'enflamma malgré la température fraîche de la pièce ; elle se leva précipitamment, le bas de son ventre traversé d'une douleur aiguë ; un véritable flux de bonheur l'inonda quand elle comprit que ses anxiétés avaient été vaines : décidément, elle n'était pas enceinte. Elle virevolta dans sa chambre et s'habilla au son d'une musique vulgaire ; elle ne voulait percevoir aucun des bruits habituels de la maison, ni la porte claquée par son mari, ni les petits pas pressés de Dorothée ; les enfants étaient déjà partis et la maison serait bientôt à elle — à elle ! comme la vie.

Avec ce sentiment aigu de la vie, lui revient la nostalgie d'une pureté intense comme celle du vent sur un pré. Seule dans sa chambre, elle éteint la musique, s'affaire dans le silence, ouvre les tiroirs de son secrétaire, fait deux piles de lettres : à gauche, sa correspondance avec Maurice, à droite les lettres envoyées autrefois par Etienne. Une obsession diabolique vient la harceler : ces deux correspondances en exigent une troisième, celle de Tours. Olivia met le verrou ; il faut être seule pour regarder la vérité en face. Elle ignore où Maurice range les lettres de Clarisse, mais les trouve le plus facilement du monde dans le premier tiroir du bureau : elles sont là, offertes comme en pâture, pour la divertir. A moins qu'il n'ait oublié exprès cette liasse pour lui montrer à quel point il est capable de plaire ? C'était une obsession chez certains hommes que de jouer à ce genre de jeux où l'autre importe moins que l'impression qu'eux-mêmes produisent. Bien sûr, il arrivait à Olivia de se montrer coquette, mais fugitivement, dans l'instant, pour le plaisir en soi, tandis que Maurice tenait à se prouver qu'il n'avait pas vieilli. C'est étonnant, pense-t-elle, que l'homme soit à ce point hanté par la jeunesse du corps, lui à qui l'épreuve du temps, à travers la maternité, est épargnée.

Peut-être rien de tout cela n'a-t-il effleuré le cerveau de Maurice qui avait laissé ces pièces à conviction à la portée de tous, confiant (mais de quel droit ?) en la discrétion des siens, discrétion dont il affirmait toujours qu'elle est la majeure des vertus. Pourquoi l'innocence ne serait-elle que d'un seul côté ? Elle se sent la force des grandes amoureuses, des criminelles qui agissent sous l'empire d'une passion violente, et cela au moment même où naît la certitude désertique de ne plus aimer. Elle entrouvre légèrement une enveloppe de Tours pour voir... quoi ? Ne sait-elle pas tout déjà ? Non, elle ignore de quel nom ils s'appellent. Elle lit « my own little darling » mots qu'elle connaît bien, car toutes les lettres de la deuxième pile, celles de Maurice datant de leurs fiançailles, commençaient de la sorte.

Ah, le procédé mesquin, banal : pas de nom, pas de prénom, rien qui puisse compromettre, une vieille habitude de don Juan qui prend ses précautions, se réfugie derrière des mots qui sont, depuis toujours, les mêmes !

Un instant, l'espérance luit encore, lueur grise et avare comme celle qui entoure les corbeaux un jour de décembre : peut-être Maurice n'a-t-il envoyé ces messages que pour retrouver le vertige de son premier amour ? Mais cette idée — assez belle pourtant — d'un amour qui serait amoureux de l'Amour, ne la console pas, car, brusquement, elle se demande si les yeux de gazelle posés par Clarisse sur l'époux n'expriment pas un désarroi sincère à l'idée de cette plage de vide qui s'ouvre devant elle, elle qui n'a même pas eu d'enfants qui puissent la consoler des hommes.

Elle songe aux albums de dessins qu'elle a rangés hier dans l'armoire après avoir pris, pour une fois, le temps de les feuilleter ; les enfants se sont mis à grandir avec une rapidité effrayante ; elle est épouvantée de les voir pénétrer aussi vite dans le monde des adultes qui ne savent pas aimer. Son cœur se serre au souvenir de tous les Noëls, de tous les dessins qu'elle a reçus, avec leurs inscriptions tellement plus sincères que toutes les formules employées par Maurice ou Etienne ; il lui est insupportable de penser que tant d'années ont passé, que, d'ici quelque temps, ils ne seront plus tous ensemble ; le retour des saisons, la durée, vont perdre leur charme. Elle revoit les calendriers, les abat-jour décorés de fleurs délicates, les herbiers — petites merveilles d'ingéniosité nées de leurs mains, et la douloureuse compassion qu'elle éprouve à regarder ces lettres froidement rangées dans leurs enveloppes, où les vérités d'autrefois se sont muées en mensonges, s'adresse aussi bien à Clarisse, privée de ces joies partagées avec des enfants, qu'à elle-même qui, dans peu de temps, ne les connaîtra plus.

Sa pensée s'attache à la vie de Clarisse. Elle s'arrête, le cœur en suspens, effarée du délire dont elle se sent la proie : évidemment, ces lettres ne sont pas de Maurice, mais de Clarisse ; il lui avait donc appris ces mots qu'ils avaient employés entre eux, avant leur mariage — « my own little darling » — divulguant ce qui les avait liés, ravalant leur tendresse au rang d'une formule, la trompant doublement de s'être alimenté aux sources de leur histoire, avec ce tour de passe-passe. Ce n'est pas par amour de l'amour que Maurice a volé ces termes secrets, mais par désir de l'interchangeable. Elle sent que chacun de ces quatre mots se recroqueville sous le vitriol du sarcasme : aucun être ne demeure tel qu'il fut, à un moment donné, aimé et connu. Elle avait eu le tort de prétendre embaumer la vie, alors que les êtres étaient de la poussière en puissance qui se tenait debout. Le moindre courant d'air, le moindre souffle, pouvait les détruire comme des fresques.

L'exigence diabolique revient la tourmenter ; elle bourdonne comme une mouche noire réveillée en hiver. Ce proverbe imbécile qui, depuis tout à l'heure, fait le vide dans son crâne : « Jamais deux sans trois », exige d'occuper toute la place, commande son cerveau. Elle se lève comme une poupée mécanique — il lui faut ces lettres, toutes ces lettres, celles de Clarisse, d'Etienne et de Maurice. Elle relit ces dernières, si passionnées, soigneusement étiquetées, classées par ordre chronologique, selon les dates des mois où, séparés, ils avaient cru à la pérennité de l'amour. Elle frissonne : ces jours d'octobre sont froids et humides. Heureusement, la prévoyante Dorothée a disposé quelques bûches dans la cheminée car Maurice allumait parfois le feu dès l'automne et restait longtemps à contempler les flammes comme pour distraire son ennui.

Maintenant, tout est en ordre. Elles sont là, toutes ces missives, dans leurs hypocrites enveloppes. Elle les jette brutalement par terre, les piétine avec une joie sauvage (la discrétion, la fidélité qu'elle a jusque-là observées, n'étaient-elles pas le fruit de cette fameuse éducation puritaine dont Maurice s'est tellement gaussé ?). Elle les chiffonne de ses doigts fébriles, les mêle jusqu'à ce que leurs existences ne soient plus qu'un magma d'une fausse et bouffonne unité. Elle fait craquer une allumette et, dès que les brindilles se mettent à crépiter, jette les lettres par brassées dans les flammes. Le feu a ceci de superbe que sa voracité abolit tout, pourvu qu'on lui apporte de quoi flamber. Il était apaisant de penser que, si l'on poussait cette idée jusqu'au bout, une seule flamme, pour peu qu'on ne cessât de l'entretenir, pourrait consumer l'univers tout entier.

Une sorte d'exaltation la prend à la vue des pages racornies avec leurs écritures qui l'ont fait souffrir — la sienne, surtout, avec ses phrases tissées d'infantile candeur. Elle éprouve un véritable moment de bonheur quand les flammes d'un rouge sombre s'éclaircissent de manière violente et crue pour atteindre à la transparence d'une prunelle de fauve. Noircies par le feu, les feuilles se replient en grésillant, prennent des contours et des angles étranges, comme ces pans de murs qui tombent tout à coup dans une ville détruite par les bombes. Elle les tisonne avec férocité afin qu'elles se désagrègent et ne soient plus qu'une poudre fine et grise comme du sel qui aurait vieilli.

Il lui fallut attendre longtemps avant que le petit bois eût entièrement brûlé. Mais elle attendit patiemment, sans bouger, plusieurs heures, dans le silence de la maison vide. Et quand enfin tout fut consumé, quand le foyer ne dégagea plus aucune chaleur, elle plongea longuement ses mains dans les cendres, se souvenant combien, à l'époque de son enfance, elle avait aimé jouer dans la boue.

LA TRÊVE

Etait-ce sa faute si Mathias était marié? Cécile n'é-
prouvait pas de remords: s'il n'avait été amoureux d'elle,
sans aucun doute il l'eût été d'une autre femme mince et
blonde qui lui ressemblait. Leur entente les obligeait à
berner deux personnes à la fois: Patrice, qui travaillait
pour la même firme, voyait quotidiennement Mathias, et
Lydie était une amie de toujours. Pris dans la trame
serrée des circonstances, il leur restait si peu de temps
qu'à peine la porte ouverte ils tombaient dans les bras
l'un de l'autre, et puisqu'il ne fallait pas perdre un
moment en paroles, Cécile n'en proférait aucune. La
fougue de sa nature, l'inexorable avancée des aiguilles de
la montre, l'aidaient en cette occurrence, dissipant le
malaise de leur mutisme, l'horreur de leur vie mesquine
à la durée fragmentaire et tronquée. Elle se taisait donc,
ce qui inquiéta Mathias car ses belles amies n'avaient
jusqu'alors jamais résisté à l'envie d'exprimer leur passion par des cris et des serments tant de fois rompus —
sempiternelles formules de tendresse pour lesquelles,
intérieurement, il nourrissait un mépris à la fois indul-
gent et amer. Depuis des années qu'il louait ce studio, il

lui eût fallu se livrer à de bien savants calculs pour se
souvenir du nombre d'amies qu'il y avait reçues.

Mais avec Cécile, tout était différent : elle entrait d'un
air résolu et tragique ; jamais elle ne lui avait susurré ou
promis quoi que ce soit et le corps qu'elle offrait
passionnément, rapidement, dans un silence glacial
contredisant l'ardeur de ses gestes, le déconcertait par la
dualité que ce mutisme trahissait. Parfois il lui semblait
aimer une morte ; il goûtait assez le sentiment qui
l'envahissait alors de la profaner. Après leur brève
étreinte, elle partait dans la salle de bain remettre ses
vêtements avec une rapidité incroyable et revenait, telle
qu'elle était arrivée, non pas hautaine — elle gardait
toujours, en toute circonstance, quelque chose d'animal
et d'enfantin — mais entourée d'une aura d'absence dont
la qualité était bien plus inquiétante, comme si, dès le
seuil, elle retournait à une autre vie.

Elle savait que c'était précisément cela — qu'elle fût à
la fois ponctuelle et passionnée — qui l'attirait vers elle
— lui, le bavard, le coureur, qui adorait séduire et, son
effet produit, laisser sa conquête pour la retrouver,
peut-être, et même sûrement, un autre jour, affolée par
l'attente. Mais ici, leur complicité avait été immédiate et
plus augmentait la discrétion de Cécile, dissimulant une
sorte de gouffre insatiable, plus il s'attachait au mystère
d'un être à la fois disponible et opaque. Il ressentait une
impression pénible quand il lui fallait, après ces rencontres fugaces, rentrer chez lui tel un chien au chenil,
retrouver Lydie, ses tracasseries et ces dîners qu'elle ne
cessait d'organiser, pendant lesquels elle s'imaginait
jouer les coquettes et le rendre jaloux tandis qu'il
songeait à l'autre, silencieuse et secrète.

Parfois, Cécile était, elle aussi, conviée à ces soupers,
situation dont la banalité le ravalait au rôle d'amant de
vaudeville. Elle arrivait alors, poupée parfumée, avec
Patrice, et la femme qui, tout à l'heure, s'était montrée à
Mathias en proie à une passion silencieuse, jacassait avec

les autres hommes comme si de rien n'était. Mais le fait
que Cécile se dédoublât, au lieu de le dégoûter, accen-
tuait son envie d'affirmer sa supériorité de mâle sur ses
rivaux. Elle-même éprouvait la nécessité de devenir une
autre pendant ces réceptions, sinon comment aurait-elle
pu simuler cette affectueuse sincérité — qui n'était pas
entièrement feinte — pour parler à Lydie? Quant à son
propre époux, il perdait chaque jour un peu plus de sa
réalité charnelle. Comme elle avait décidé de ne tromper
personne pour ne pas avoir à se mépriser, quand ils
rentraient ensemble, couple apparemment lié d'affection
mutuelle, elle forçait son esprit et son corps à un vide
total, une sorte d'abstraction douloureuse et blanche, où
l'amour n'avait plus d'autre réalité que celle d'une
tension brûlante et sèche dépourvue de visage.

Cette distance qu'elle prenait d'avec elle-même susci-
tait chez les hommes un violent désir de l'investir et de
l'occuper, comme les soldats s'acharnent sur une ville
endormie dont on soupçonne que l'ennemi, encore en
possession de trésors convoités, demeure tapi dans le
piège des caves ou des chambres murées. Aujourd'hui,
comme elle repense à cette époque, elle devine que
l'obligation qu'elle avait ressentie de rester impénétrable
et lisse était provoquée par l'horreur, enfouie mais
tenace, des feintes auxquelles cette liaison l'obligeait.
Cette répugnance lui avait inspiré l'attitude à suivre,
d'une frivolité visible mais d'un désespoir profond : elle
ne mentait qu'en surface puisqu'elle ne parlait presque
plus jamais vraiment ; elle renonçait aux mots hypocrites
qui prétendent et déforment, et son silence — que son
mari prenait pour de la neurasthénie — venait du refus
qu'elle opposait à toute comédie : ne rien dire, pour ne
rien savoir.

Cette réserve glacée ayant lentement porté son amant à
un degré d'amour auquel il n'était encore jamais parvenu, Mathias s'était mis en tête d'exiger d'elle tout ce qu'il
avait si facilement provoqué chez les autres — ces

larmes, ces scènes, ces serments inutiles ; il prétendait lui
infliger le désespoir de celles qu'il avait quittées mais,
comme il n'arrivait à rien (le jour de leur rencontre était
toujours le même, le temps qu'elle lui consacrait toujours
rigoureusement égal), il avait le sentiment de piétiner,
frustré de ces humiliations dont il faisait, jusqu'alors, sa
virile pâture. Elle se mit à l'observer sous cape et
bientôt, au désir qu'elle avait de lui, elle perçut qu'il se
mêlait un soupçon de mépris, domaine obscur où elle
refusa de sombrer, préférant rester à la surface des eaux,
où elle l'attendait, inflexible, telle une bonne nageuse.
Ce qu'elle prévoyait finit par arriver : comme Mathias
n'ignorait rien des horaires et des travaux de l'époux, il
apprit avant elle la date où Patrice devait partir pour un
voyage d'affaires ; il en profita pour lui proposer d'aller
au bord de la mer ; si Patrice s'étonnait, en revenant, de
la voir un peu hâlée par ce froid soleil de printemps, elle
pourrait toujours prétexter les rayons ultra-violets.

Ils partirent donc pour Trouville et Cécile s'efforça de
s'habituer à vivre avec Mathias ; tout était parfait, la
ville balnéaire abandonnée, le vent soufflait du large,
mais un étrange sentiment d'inutilité prit possession
d'elle. Tout ce qu'ils faisaient — s'étendre sur le sable
encore humide, dîner dans les restaurants du port — elle
l'avait déjà accompli en d'autres lieux avec Patrice
comme sans doute Mathias avec Lydie, si ce n'est que la
double vie qu'elle avait toujours habilement menée pour
ne pas voir la duperie où ils vivaient tous les quatre
prenait maintenant une véracité criante ponctuée par les
cris des cormorans. Leur éphémère unité, qui avait
commencé par faire d'eux de faux époux, finit par se
dégrader en quelque chose de pire, faisant d'eux de faux
amants.

Souvent, elle se levait avant Mathias pour aller marcher nerveusement sur le port. Les mâts parallèles
s'entrechoquaient, de grosses mouettes piétinaient la vase
à marée basse, une senteur âcre montait de la plage qui

l'écœurait au lieu de l'exalter, sachant que d'ici quelques jours elle serait de nouveau en ville. Elle rentrait, triste et fatiguée par cette odeur d'iode et de sel, pour retrouver Mathias qui s'impatientait en robe de chambre, anxieux de la savoir déjà sortie ; rassuré, il se mettait à parcourir le journal avec les mêmes façons minutieuses qui l'agaçaient tant chez Patrice : cette manière, par exemple, de plier soigneusement la gazette pour en parcourir certaines colonnes, comme s'il voulait économiser ses forces, ou le papier, elle ne savait quoi vraiment — à moins que ce ne fût de le voir pantoufler ainsi devant une mer déchaînée qui l'exaspérait au point qu'à travers Mathias c'était surtout Patrice qu'elle voyait.

Jusqu'alors le fait que son mari et son amant eussent des points communs lui avait échappé. Elle en conçut comme un avant-goût de la vieillesse, âge auquel, à force d'avoir souffert, on se résigne sans doute à ne voir chez les êtres humains que ce qu'ils ont d'interchangeable. Qu'avaient-ils donc de si ressemblant, Patrice et Mathias, se demandait-elle, tandis qu'ils prenaient leur petit déjeuner d'amoureux en goguette mais qu'elle répugnait à le regarder en face sauf quand il ne s'en apercevait pas (elle l'épiait alors avec une curiosité mauvaise, celle qui préside ·à la découverte des lois et des analogies) et, comme ils étaient attablés devant la fenêtre, elle se prit à songer que ses meilleurs moments étaient ceux où elle marchait seule, cheveux au vent, narines dilatées, livrée aux éléments, maîtresse d'elle-même grâce à cette évaporation de son corps et de son esprit dans les vagues, les rumeurs, les mâts, le grondement rythmé des moteurs des bateaux de pêche qui rentraient toujours au port à la même heure. Soudain Patrice et Mathias ne lui parurent plus que deux entités — une seule, à vrai dire — l'homme dont la femme croit ne pas pouvoir se passer.

Elle s'interrogea : que voulait-elle au juste obtenir de l'un ou de l'autre ? Simplement qu'ils lui permettent d'oublier qu'elle était Cécile. Elle leur demandait, et surtout à Mathias, la perte d'elle-même, dissolution qui ne les concernait eux-mêmes en rien. Ce matin-là, tandis qu'elle se promenait sur la jetée livrée aux cris des oiseaux de mer et à la grisaille des nuages, elle fit cette découverte qui la laissa démunie : les traits, les tics, les idiosyncrasies de ces deux hommes, ce qui faisait que Mathias ou Patrice était chacun ce qu'il était, lui importait moins que sa propre sensualité assoiffée et solitaire, mais au-dessus des sables les mouettes criaient assez que rien ne pouvait y répondre, si ce n'est le caprice des sens eux-mêmes.

Comme il faisait froid, elle rentra plus tôt que de coutume, sans prendre la peine de passer par le marché, quoiqu'elle aimât assister à la criée, voir les couleurs diaprées des poissons, les yeux exorbités des poulpes, les bouches grandes ouvertes des rougets. Et comme elle pénétrait dans les petites pièces louées qui devaient être, pour quelques jours, le théâtre d'une entente heureuse qui les aiderait à mûrir et vivre l'amour dont la continuité leur était douloureusement refusée, elle entendit la voix de Mathias — angoissée, hachée, différente de celle qu'il prenait pour lui parler, alors si chaude et sûre d'elle-même. Elle s'approcha de la porte entrebâillée de la chambre et vit qu'il était au téléphone ; elle en fut stupéfaite — lui qui prétendait tellement vouloir être seul avec elle...

Elle se concentra pour mieux entendre : quelque chose lui dit qu'elle surprenait un aspect de Mathias qu'elle ignorait, par lequel il accédait à cette singularité dont il lui avait semblé dépourvu. Il continuait de balbutier, rassurant l'interlocutrice invisible : « Mais non, mais non, je t'assure que je ne m'amuse pas autant que tu le crois ! » Elle s'appuya au mur, car le reniement de leur entente lui parut odieux, qui révélait comment Mathias demeurait attaché, malgré tout, à Lydie ; il avait dû l'appeler, à moins qu'il n'ait donné son propre numéro — mais il était plus probable que, surveillant les nouvelles

habitudes de Cécile, et l'heure de ses promenades mati-
nales, il en avait profité pour appeler Lydie à l'heure
où il savait que Cécile était sortie sur le port, si bien
qu'il exploitait les moments solitaires où elle franchissait
douloureusement les étapes de la vérité pour mentir à sa
femme sur un ton patelin. Ce n'était pas un aspect
insolite de sa personne qu'elle avait découvert, mais au
contraire ce qui le rapprochait de l'inévitable mesquinerie humaine. Comme il avait suffi de peu de temps pour
que leur entente amoureuse tombât dans la tiédeur des
habitudes conjugales, avec le manque de confiance, le
calcul et l'hypocrisie qui souvent les accompagnent ! Il se
pouvait bien que là-bas, dans cette ville où Patrice avait
dit qu'il irait (Cécile ne savait même plus laquelle, tant
l'univers chavirait), il fût également en train de calmer
une amie récemment rencontrée, jalouse à son tour :
« Mais non, mais non, tu sais, ne t'inquiète pas, je ne
l'aime pas autant qu'on le croit. »

Le léger bruit qu'elle avait fait en s'appuyant au mur
était parvenu aux oreilles prudentes de Mathias ; elle
l'entendit reposer doucement l'appareil et le déclic réson-
na dans son corps avec la brutalité d'une porte claquée.
Elle s'assit en face de lui, mais sa propre présence n'était
plus lisse et absente uniquement pour les autres ; elle
était devenue à elle-même son propre spectre. Elle savait
qu'en rentrant il lui faudrait rompre à la fois avec son
amant et son époux — telle serait la rançon à payer pour
l'imprudence de s'être laissé prendre au piège d'une
trêve.

LA MENTEUSE

Elle voyait bien que son mari la poussait dans les bras de ses amis : l'ennui était qu'aucun ne lui plaisait. Les uns étaient ce qu'elle appelait des jouvenceaux — petits jeunes gens à la remorque qui cherchaient un appui auprès de leur couple, indéterminés, avec du vague au sexe et du vague à l'âme ; les autres se complaisaient dans leurs souvenirs, ressassant les deux guerres et les années folles, si bien qu'ils finissaient par l'ennuyer à mourir. Ce qu'elle aimait, c'était l'âge mûr, où l'homme a gardé l'élan de la jeunesse tout en écartant les complications inutiles de l'esprit : ces jeux de la jalousie, ces discussions qui déchirent, toute cette pacotille des premières amours qui ne sert à rien, qui ne va nulle part, mais force au piétinement stérile, menue monnaie de la passion dont chacun devait user puisqu'il fallait que jeunesse se passe.

C'était précisément le genre d'hommes que son mari ne supportait pas, qu'il ne cessait de railler : « Ah, ils se croient arrivés ! ils ne savent pas que tout peut basculer d'un instant à l'autre, ils sont incapables de se remettre en question alors que nous dansons sur un volcan. » Même si elle n'était pas du tout de son avis, peu lui importait ces attaques puisque, pour l'instant, elle n'aimait personne. Ce qui l'irritait à présent, c'était l'insistance avec laquelle Hervé lui vantait l'un ou l'autre de leurs jeunes invités. Tout au début, se prêtant à son jeu, ou ignorant qu'il s'agissait d'une partie dont il dirigeait les pions, elle s'était laissée aller au désir instinctif de plaire, n'hésitant pas à faire la coquette, si bien que chacun avait paru satisfait.

Mais un jour elle s'aperçut qu'il jouait avec elle au chat et à la souris, qu'il l'épiait du coin de l'œil pour supputer jusqu'où elle irait, comme un voyeur. Curieusement, elle ressentit le vide que lui-même éprouvait ; il s'établit entre eux comme un climat ambigu de compréhension et de carence ; il ne pourrait vivre heureux à ses côtés, dut-elle constater, que si elle parvenait à lui échapper. Il aurait voulu qu'elle s'en aille tout en restant là et prétendait vivre, à travers elle, ses incursions dans l'ailleurs. Mais le fait d'être contrainte de rêver pour lui offrir l'inaccessible en pâture, la rivait auprès de lui comme un animal dont on veut se débarrasser qui revient obstinément se loger dans sa niche. Elle soupçonnait parfaitement qu'il usait là d'un procédé inique, d'une méthode bien précise, d'une ruse destinée à lui inspirer la nostalgie de la fidélité tout en l'écœurant à l'avance d'une aventure perfidement suggérée : il ne faisait semblant de l'offrir ainsi à autrui que pour mieux lui instiller le sentiment d'être déjà indigne. Au fond ce qu'il aimait, ce qu'il voulait, c'était qu'elle fût coupable.

Elle en était là de ses réflexions quand elle n'eut plus à s'interroger, car elle s'éprit réellement d'un de ces jeunes hommes qu'ils attiraient irrésistiblement dans leur toile. Alors, elle déploya ses ailes, cherchant à déchirer les mailles.

Son mari n'arbora plus son air triomphant : les choses lui échappaient et il les regarda d'un air renfrogné et méfiant. Au cours des soirées, les invités usaient des clichés de la conversation mais certains mots semblaient tout à coup déplaire à Hervé — les mots *tromper, bafouer, berner* dont il faisait auparavant un usage répété; il avait même nourri, jusque-là, une affection tout à fait singulière pour le terme cocuage — un mot qu'Ariane ne pouvait supporter. Que tout ce qui se rapportait à l'adultère, situation souvent douloureuse et complexe — sinon ce n'était même pas la peine d'en parler — fût expédié de la sorte, derrière la vulgarité d'un vocable léger, méprisant ou moqueur, lui semblait d'une facile frivolité, d'autant plus que c'était là une expression que seuls les hommes employaient. Ariane ne cessait de buter sur cette contradiction: ces mots, ces étiquettes, ces définitions inventées par les hommes pour stigmatiser les autres hommes, alors que les femmes s'arrangeaient, la plupart du temps, pour rester dans le vague, par peur ou compassion.

Elle éprouvait une répugnance instinctive pour certains collègues de son mari qui travaillait dans une affaire d'exportation car ils lui faisaient la cour en la buvant des yeux après s'être désolidarisés de leur femme légitime qu'ils avaient trompée un grand nombre de fois, comme ils prenaient soin de le préciser triomphalement à Ariane. Elle leur tournait le dos après les avoir foudroyés du regard, et dut souvent essuyer le mécontentement sévère d'Hervé qui l'accusait de lui avoir fait rater une affaire en le brouillant avec tel ou tel: à écouter ses reproches, elle se demandait jusqu'où il aurait voulu qu'elle aille pour mieux réussir son métier. Certains maris, du seul fait d'avoir une épouse, seraient-ils tentés par le pouvoir du proxénète?

Cette année-là, tout se compliqua inexorablement de ce qu'elle éprouva de la tendresse pour un jeune Grec qu'Hervé lui avait présenté. Elle s'étonna d'entendre son mari lui mentionner sans cesse Alexandre comme pour la faire tomber dans un piège, à moins que ce fût pour l'en dégoûter. Mais elle ne tromperait certainement pas Hervé avec lui car elle n'avait rien à offrir de durable et, en fin de compte, si elle n'alla pas rejoindre Alexandre dans son studio, c'était plus par amour du jeune homme que par fidélité à l'époux.

Parfois, dans la rue — c'était le printemps, et elle avait envie de se promener, de flâner dans le jardin du Musée Rodin pour y observer les canards sauvages qui s'étaient fourvoyés sur la petite pièce d'eau mesquine — elle croyait s'apercevoir qu'elle était suivie. Elle en eut la certitude le jour où elle s'était donné l'illusion d'être au loin, dans un pays inconnu, en se faufilant bien après la roseraie, derrière une haie de buis, où se dressaient de grosses pierres noires qui faisaient croire à l'ébauche d'une falaise ; là, en cette région obscure, humide et prolifique, envahie par le lierre, où rien ne pouvait se tramer qui ne fût du domaine de la nostalgie, elle avait entrevu l'homme banal, interchangeable, toujours le même cependant, qui la guettait derrière les arbres.

Elle avait assez entendu son mari et ses amis parler d'affaires de mœurs, suivies de divorces retentissants, pour comprendre qu'il la faisait pister. Cette situation grotesque lui fit horreur : elle vit les ennuis qu'elle pourrait attirer à Alexandre, leur amitié souillée par des reproches et des confrontations, et elle renonça aux rares rendez-vous qu'elle lui avait fixés dans des jardins, aux yeux de tous. Blessé, Alexandre cessa de venir les voir et elle se dit avec un soulagement mêlé d'amertume qu'il trouverait aisément — avec son intelligence et sa beauté — à aimer une jeune fille sans liens, qu'aucun despote ne ferait surveiller.

Mais Hervé n'en avait pas la mine plus réjouie pour autant. Il ne cessait de la harceler, de la forcer à relancer Alexandre qui, embarrassé, refusait toute invitation, si bien que l'époux finit par se moquer de sa femme : « Ah, ma pauvre Ariane, on vieillit! Les jeunes gens, ce n'est plus pour nous, ils s'ennuient en notre compagnie — allons, téléphone donc à Lamponi; il sera sûrement libre; nous avons à parler affaires, et je suis sûr qu'il sera mis de bonne humeur si tu le convies à l'un de ces petits dîners raffinés dont tu as le secret. Et puis, tu sais, la mode est aux chemisiers de percale fine, transparente, avec rien en dessous — tu peux te le permettre, même si Alexandre nous a délaissés! » Il badinait de la sorte, voluptueusement, en lui pinçant le menton d'un air lubrique, ce qui renforça l'horreur qu'elle ressentait de ses propos et acheva de la détacher de lui. Les hommes prennent souvent un air tendre pour vous dire les choses les plus perverses qu'ils oublient d'ailleurs à peine prononcées, au moment même où elles se mettent à vivre dans l'esprit perméable des femmes.

Elle ne pouvait souffrir Lamponi qu'il lui fallait maintenant supporter comme voisin de table, à la place d'Alexandre; il la convoitait avec tout le mépris qu'il réservait aux autres femmes et ne la désirait autant que pour vaincre l'horreur qu'elle éprouvait de lui. A travers elle c'était la répugnance justifiée qu'il avait de lui-même, de son petit ventre rond, de ses mains moites, de son front proéminent où perlait trop vite la sueur, qu'il prétendait abolir. Ah non, tout sauf jouer la comédie avec Lamponi! Du fond de son aversion, elle en vint à s'interroger sur le caractère bizarre et fluctuant de son mari: il oscillait entre une jalousie meurtrière soigneusement masquée, et la nécessité de la faire naître, pour continuer à aimer. Sa nature était d'ignorer sa nature, de ne pas savoir s'il voulait Ariane pour lui, ou s'il la désirait à travers les autres: à elle de se tracer une voie au sein de tels méandres.

Dans la sécheresse affective devenue la sienne, elle fut visitée par l'idée de s'inventer un amant: au fond, ce à quoi Hervé prétendait, c'était à la possession de son corps, agrémentée de la possibilité qu'elle plaise à un autre. Elle entra dans son jeu avec l'idée d'une comédie qui avait son charme après tout, puisqu'elle y fit participer son amie Henriette — une femme pleine d'imagination et d'humour, que rien n'atteignait parce qu'elle n'aimait personne sauf son petit garçon, Henri, qu'elle avait eu d'un père inconnu.

Les deux femmes s'amusèrent follement à créer le personnage de Clifford — jeune Anglais qu'Ariane aurait rencontré à un cocktail où Hervé n'avait pas eu le temps d'aller. Elles déployèrent des prodiges d'habileté pour rédiger des billets discrets et brûlants de cette écriture anonyme et penchée dont les Anglais raffolent, sur les feuilles d'un papier bleu-gris acheté, pour plus de vraisemblance, chez Smith. Elles postaient ces missives dans toutes les boîtes les plus reculées de Paris, avec au dos une seule initiale, C, suivie d'adresses différentes. Henriette enjolivait parfois : des roses rouges, capiteuses et superbes, arrivaient de chez un grand fleuriste pendant le dîner, avec une carte de visite blanche où la lettre C, entourée d'un cœur en flammes comme dans les ex-votos, était supposé dire la passion respectueuse de Clifford. L'étonnement d'Ariane éclatait alors avec d'autant plus de sincérité qu'elle ne s'attendait pas du tout à pareil envoi, et elle rougissait sous le regard perspicace mais perplexe, de son mari. Ce qui la rendait nerveuse, c'était l'argent dépensé par Henriette, dont elle commençait de soupçonner le sentiment à peine déguisé qui profitait de leur commune ingéniosité à inventer un amant pour pouvoir librement s'exprimer.

L'imagination d'Hervé devait accomplir des prodiges car maintenant Ariane n'avait plus jamais de rendez-vous au-dehors si ce n'est avec Henriette ; la plupart du temps, quand elle ne sortait pas avec son amie, elle se contentait d'attendre les billets rédigés par son amour inexistant en écoutant de la musique ou en reliant des livres d'un air appliqué. A force de rester ainsi toujours sur sa faim, l'esprit d'observation déployé par Hervé prit le caractère d'une curiosité morbide proche de la maladie. Tandis qu'il pénétrait seul dans le champ infernal et clos des supputations, les soirées qu'il persistait à donner devenaient de plus en plus brillantes, éclaboussées par la tache fastueuse et rouge des roses envoyées par Clifford-Henriette. Lamponi se montrait de plus en plus empressé, ce qui eut pour résultat de transformer Hervé en maître jaloux et violent. Plus ces amours cruelles et fausses la cernaient de près, plus une mélancolie atroce s'empara d'Ariane. Pour elle — contrairement à Henriette qui, au fond, ressemblait à Hervé et eût été pour lui une compagne idéale — toutes ces manigances exhalaient un relent de mort. Que le désir fût provoqué par le mensonge tuait le désir : elle ne ressentait plus qu'une froideur qui raidissait son corps de mépris. Ces fleurs hypocrites, qu'Alexandre eût été heureux de pouvoir lui envoyer s'ils avaient vécu dans un monde limpide où tout serait à recommencer, ne lui paraissaient plus le témoignage d'une conjuration humoristique entre amies, mais l'irréfutable preuve du désert sentimental où elle supportait de stagner.

Un jour l'idée lui vint qu'après tout, puisqu'elle mentait pour rien, et que son mari s'était égaré en d'autres soupçons, elle était libre d'improviser de son côté, dans la solitude ; ce serait merveilleux d'imaginer quelque chose de réel. Son amour pour Alexandre avait mûri au cours de toutes ces mystifications et l'illusoire existence de ce mannequin sans chair n'avait pas cessé d'aiguiser sa nostalgie d'une tendresse sensuelle.

C'est pourquoi, un soir où son mari avait organisé un dîner particulièrement brillant avec l'inévitable Lamponi, il fut stupéfait de ne pas trouver Ariane fidèle à son poste d'épouse. Elle était déjà loin, sur la route d'Anvers, avec Alexandre. Et si Hervé avait pu faire l'acquisition de cette longue-vue indiscrète capable de fouiller les êtres et les terres jusqu'aux frontières, instrument dont il avait secrètement rêvé bien des fois, il eût aperçu Ariane en

train de confier à son jeune amant comment la duplicité
— ce monstre bicéphale — lui avait instillé l'exigence de
la vérité.

LA VISITE

Depuis des mois, il cherchait un appartement. Aussi dressa-t-il l'oreille quand, tout à fait par hasard, au cours d'un dîner, il apprit qu'une amie de ses hôtes devait quitter le sien. Le quartier lui plaisait — déjà connu de lui, proche de tout ce qui composait sa vie : ses fournisseurs, ses habitudes, son bureau ; et même le nombre de pièces était exactement ce qu'il avait souhaité. Sa vie avait été chaotique à l'excès et il voulait à présent tout oublier, s'établir, prendre racine. A force d'être tiraillé au cours de déceptions sentimentales qui n'étaient d'ailleurs imputables qu'à lui-même et à sa bêtise de toujours croire que les choses étaient autres que la réalité des faits — à force d'errance, les lieux avaient pris pour lui plus d'importance que les êtres ; c'est pourquoi il fut heureux d'apprendre que l'appartement comportait des terrasses.

Il avait longtemps vécu sous les Tropiques, là où les fruits ont la forte senteur et le velouté des fleurs, où les fleurs ont la consistance plumeuse et l'envol des oiseaux, et maintenant, ce macadam grisâtre où il se traînait comme une bête blessée lui infligeait une torture morale

continuelle qui empoisonnait jusqu'à sa possibilité d'é-
prouver le désir. Rien d'étonnant à ce qu'il eût l'air
austère tandis que, secrètement, éclataient en lui tant de
musiques violentes, de jupes bariolées, de mangues char-
nues, de kakis juteux, de balustrades de marbre et de
tuiles d'or ; il marchait, il marchait mais tenait les yeux
baissés et son attention intérieure demeurait absorbée
par des toits arqués comme des mains de danseuse ou
par des pagodes reflétées dans des eaux stagnantes. En
fait, depuis qu'il travaillait dans cette ville sinistre, il
avait vécu une seule journée de bonheur semblable à
celui d'autrefois, quand tout participait à une fête
perpétuelle de senteurs et de contemplation, en visitant
la pagode de Chanteloup. Pourtant, ce n'était pas un jour
ensoleillé, mais un après-midi maussade pendant lequel
une petite pluie pénétrante s'était mise à tomber, et il
avait retrouvé ces tonalités grises et jaunâtres qu'il avait
tant aimées lorsque, à l'automne, en Orient, les demi-
teintes contrastaient avec l'éclat rouge des laques et l'or
des bouddhas.

Il pleuvait donc, ce jour-là, lorsqu'il avait gravi les
degrés de la pagode. Peu à peu, tandis qu'il montait vers
le ciel, il s'aperçut à chaque étage, où une fenêtre était
restée ouverte, poussée par la tempête, que la campagne
environnante était désolée, brumeuse, noyée de pluie,
comme ces marécages qu'il avait vus autrefois ; l'atmosphère presque feutrée était transpercée du seul cri des
canards sauvages comme le brouillard tant de fois troué
par les sarcelles des marais — oui, ce fut un instant
merveilleux, partagé avec un être qu'il aimait, où il avait
pu plonger jusqu'aux origines de l'amour. Mais la pagode
de Chanteloup appartenait au monde où l'on ne se
réfugie qu'en rêve, alors que les rues de la capitale
affirmaient une triste réalité : c'était ce quotidien qu'il
espérait fuir à travers les terrasses. Parfois, dans la
grisaille de la ville qui n'avait rien de commun avec le
silence retenu et automnal des jardins orientaux, il

entendait le chant d'une alouette, et il souffrait pour elle qu'elle soit obligée de se contenter d'arbres rachitiques et de soleils en néon.

A cause des terrasses, il se hâta, arrivant à l'heure précise indiquée par l'agence ; il arriva même en avance et eut tout le temps de rêvasser dans la sombre et grandiose entrée dont la rampe se terminait par une sorte de boule énorme et inquiétante surmontée par une lampe lugubre comme ces réverbères qui clignotent le soir en province. L'employée de l'agence arriva ; il la détesta, maquillée comme elle l'était, couronnée d'un chignon, perchée sur ses jambes comme une poupée de grand magasin. Mais il était prêt à tout supporter en songeant au jasmin qu'il planterait autour des chambres, aux géraniums dont le feuillage acide l'avait toujours enchanté, aux capucines qu'il ferait grimper sur le treillis de bois vert, notes orange — ou encore notes bleues de volubilis, insolites comme celles de ces longues trompettes qu'il avait entendues dans les temples, en haut des collines flamboyantes d'azalées.

« Elle fait toujours visiter quand elle n'est pas là », expliquait l'employée, et il se réjouit de ne pas avoir à connaître celle dont il pensait prendre la place. En fait il aurait préféré que l'appartement fût blanc et neutre, vierge de toute décoration, dépouillé de cette toile de Jouy surannée qui prétendait apporter dans la capitale la naïve douceur des propriétés ancestrales. Il eût préféré ne voir qu'un vide sans vestiges, au lieu de quoi il se trouva confronté avec un véritable pandémonium. C'était un scandale qu'une femme pût vivre de la sorte, ses vêtements de nuit encore étalés sur un lit défait ; une longue chemise de linon ourlée de dentelles, des mules dépareillées lancées au pied d'un fauteuil, des livres entrouverts remplis de notes, ce qu'il eut le temps d'observer, irrité de ce qu'elle prétendît avoir des idées, des lettres décachetées traînant sur le bureau, des bijoux de pacotille suspendus à une main de porcelaine, des bas, oui, même des bas, enroulés comme des serpents sur la carpette de la salle de bains.

Partout flottait un parfum pénétrant de tubéreuse, qui avait été, précisément, celui de sa première femme — un parfum qui lui rappelait tout ensemble les années bénies de la beauté exotique, et le maudit tête-à-tête où tout s'était dilué dans l'ennui. Il devint douloureusement sensible à cette présence absente — une présence de femme capricieuse, pressée, frivole, désirant se débarrasser au plus vite de ce lieu dont elle avait dû se lasser, et la précipitation que trahissait l'inconnue le suffoqua comme si un assassin avait voulu l'étouffer entre les pans d'une couverture de fourrure. Il défit légèrement son col, traversa les pièces où le chambardement des objets évoquait des drames, des discussions et des fureurs, et demanda à voir les terrasses. Elles étaient étroites, après tout, et donnaient sur la maison d'en face ; d'ailleurs il n'imaginait même plus ce qu'il pourrait y faire naître, ou planter en pot, tant cette présence humaine l'avait troublé. L'humain — voilà ce qu'il avait espéré oublier grâce aux stores qui lui cacheraient le ciel et lui permettraient de se croire revenu dans l'aquarium des eaux prénatales.

L'employée de l'agence, toujours volubile et perchée sur ses hauts talons, s'impatientait à son côté et il l'écoutait vaguement lui vanter les mérites d'un escalier de service, tandis qu'il était tout à l'élaboration d'un personnage malfaisant : celui de la propriétaire. Il l'imaginait fatale et capiteuse, comme ces espionnes qui, au cinéma, provoquent la perdition des naïfs, car il leur suffit de battre des cils pour que les hommes, comme mus par un ressort, laissent filtrer au grand jour les secrets d'Etat qu'ils avaient juré de garder fût-ce au prix de leur vie. Quelle femme devait-elle être ! Comme s'il n'avait pas assez souffert de celles qu'il connaissait déjà, voici que cette étrangère l'entortillait dans son filet de séductions hypocrites. De plus, il y avait la chambre d'enfants, leurs pyjamas, leurs petites robes de chambre, leurs jouets : la vulgarité de cette vie familiale et prolifique, lovée dans le vieux rose de la toile de Jouy, alliée à la sensualité de la chemise de nuit, suggérait que la propriétaire, si elle menait la vie d'une mère, n'en négligeait pas moins celle de l'amante. Pourtant, il ne put découvrir la moindre trace d'un homme — pas la moindre — aucun costume, aucune cravate, comme si la gent masculine avait été détruite par cette mante religieuse couvant ses petits.

L'absence de toute présence virile et rassurante par sa routine acheva de l'affoler. Il voulait bien visiter un appartement sens dessus dessous, mais pas que ce désordre fût impudique au point de suggérer, à chaque instant, les pièges de la féminité. Sinon, bien sûr, tout lui convenait : le nombre de pièces, les stores tout neufs, les fleurs sur la terrasse qui, néanmoins, contribuèrent à l'exaspérer, car même là, dans le domaine neutre de la Nature où il aimait à se réfugier, et dans celui d'un futur inconnu de tous, la propriétaire avait réussi à le précéder ; mais que faire, puisque les géraniums et les capucines étaient déjà plantés ? — et il se sentit spolié par cette coïncidence dans leurs goûts.

Non, il ne pouvait rester un instant de plus en ce lieu où, il ne savait pourquoi, l'aspect des pièces semblait convulsé, fixé à l'apogée d'un crime déjà commis, la police ayant donné l'ordre de ne toucher à rien, si bien qu'il renonça à tant de maléfices, dévalant l'escalier, avec, toujours derrière lui, les talons aiguilles de l'employée cliquetant sur les marches, tandis qu'il éprouvait une rage sourde contre ce nouveau gouffre où le destin avait prétendu l'attirer.

Plus tard, bien plus tard, comme il racontait cette visite qui l'avait hanté à la façon d'un cauchemar, au point de l'empêcher de fixer son choix sur toute autre demeure — il avait, à l'époque, visité des dizaines d'appartements, bien rangés, rassurants, invitant à la location grâce à une évidente présence masculine nettement affirmée à travers des relents de cigare, des lunettes, des pipes, des gilets, des vestes d'intérieur, à travers tout un monde logique, raisonnable, où l'homme rentre chez lui pour vivre une seconde vie choyée, avec les êtres chers qui l'attendent et ne vivent que pour lui — eh bien, malgré tout cela, et cet appel de l'homme comblé qui lui parvenait des canapés et des fauteuils en cuir, malgré les balcons où se mourait un lierre avare qu'il aurait pu remplacer par des plantes et des fleurs, il n'avait pu, pendant des mois, se détacher de l'autre appartement qui embaumait si sensuellement le jasmin.

Ses convives l'écoutaient avec intérêt, se demandant où il voulait en venir, quelle hantise habitait cet homme étrange, quand, cessant de se raconter à ces imbéciles, il devina lui-même sa propre vérité : c'était ce désordre intime qui l'avait bouleversé. Ce chaos des objets ne faisait que refléter un désespoir absolu : quelle hâte avait précipité cette femme au-dehors, laissant tout ce qui lui appartenait à nu, pêle-mêle ?

Vers quoi s'était-elle, ce jour-là, dirigée : vers l'eau de quel fleuve, les degrés de quelle tour ? C'était cette passion dévastatrice dont il s'était senti si proche qui lui avait fait renoncer à cette location. Rien d'étonnant si, après cet affrontement intense, les autres lieux lui avaient paru mornes ; il avait dû, bien sûr, se résigner, et vivait à présent dans un trois-pièces sans histoires.

Le dîner touchait à sa fin et l'on passa au salon. Une des invitées, qu'il avait à peine remarquée (il n'accordait d'importance qu'à ses voisins de table, car il s'ennuyait moins en sa propre compagnie que dans celle des autres), s'approcha de lui, et, revenant sur certains détails de l'histoire qu'elle n'avait pas pu entendre, l'interrogea avidement sur le lieu qui l'avait ainsi envoûté. « C'est bien cela ! s'exclama-t-elle, c'était mon appartement que

j'ai fini par vendre cet hiver ; j'en étais sûre, dès que vous
avez mentionné les bijoux en toc sur la main de
porcelaine, les jouets, la toile de Jouy, mais vous n'avez
pas pu le visiter dans ces conditions-là : je ne l'ai donné à
l'agence qu'après mon divorce. Les enfants étaient en
vacances ; vous n'avez pas pu voir leurs petits pyjamas,
encore moins ma chemise de nuit si complaisamment
décrite par vous, cher monsieur, pour la bonne raison
que je n'en mets pas ! » Ils discutèrent ainsi quelque temps,
sans pouvoir conclure, car il s'avérait que si le lieu et les
êtres étaient bien les mêmes (elle avait, en effet, deux
petits garçons en bas âge, des bijoux de pacotille, et la
toile de Jouy qu'il décrivait était bien celle dont elle
avait choisi de tapisser la chambre d'enfants), les circonstances de la visite, elles, sonnaient faux, et ne pouvaient
coïncider avec le réel. On eût dit que l'invité avait été
convoqué par on ne savait quelle puissance occulte, à
entrer par effraction dans le moment le plus chaotique
d'une vie privée. L'inconnue avait trouvé la force morale
pour traverser cette époque difficile de son existence,
mais son corps avait tardé à suivre : une sorte d'apathie
s'était emparée d'elle et elle avait vécu dans un fouillis
indescriptible pendant plusieurs mois. Elle s'était bien
gardée de faire signe à l'agence en ces semaines de
désarroi, aussi y avait-il quelque chose d'insolite dans
l'intuition de cet homme, capable de déceler, sans la voir,
la vérité nue.

Mais quelle preuve avait-elle que cet invité — par
ailleurs fort attirant — n'ait pas calculé son effet,
s'introduisant d'office dans son intimité pour mieux
l'effrayer et prendre sur elle une certaine emprise ?
Maintenant, le plus difficile était fait : il savait qu'elle
était mère, qu'elle avait traversé la tourmente, et il tenait
à lui faire savoir, par cette description minutieuse des
lieux, qu'il n'était pas homme à craindre le réel. Peut-
être, après tout, n'était-il jamais allé avenue de S. et
n'était-il qu'un don Juan doublé d'un mythomane

convaincant ? Il y avait là de quoi susciter en elle le plaisir de la quête ; il avait sans doute deviné qu'elle était du genre à vouloir tenir la vérité en laisse, à courir jusqu'au bout du monde pour savoir. Mais apprendre quoi ? savoir *qui* il était ? A peine l'aurait-elle su, qu'elle aurait cessé de le connaître : on ne comprend rien, avait-elle appris, aux êtres avec lesquels on vit. L'opacité les recouvre comme les lichens qui poussent sur les troncs des arbres ; on ne voit plus, des êtres connus, que d'étranges concrétions, des champignons, des parasites, des cristaux produits par les intempéries. Chaque visage d'homme ou de femme aimés devient pour l'autre une sorte de paysage végétal et composite comme dans les tableaux d'Arcimboldo.

Tandis que son interlocuteur continue à l'intriguer, elle se souvient d'un fragment de film où dans un traîneau tiré par des chiens, des trappeurs s'élancent vers l'horizon éclatant ; à force de poursuivre le vide, les chiens crèvent d'épuisement et les trois hommes expirent, eux aussi, dans la neige : ils n'avaient d'ailleurs rien découvert si ce n'était eux-mêmes. Elle était de cette espèce — de celle qui poursuit la vérité jusqu'au Rien. Peut-être cet homme l'avait-il entrevu malgré les airs évaporés qu'elle affichait.

De toute façon, elle sait qu'un bonheur reconquis est difficilement pardonné : l'expérience première se venge d'avoir été vaincue par l'oubli. Tel est l'un des drames de la vérité : successive et multiple, elle exige d'être ensevelie, pour donner naissance à de nouvelles pousses. Mais ils continuaient de boire leur café, et elle avait appris la prudence — qu'il ne faut jamais révéler une découverte importante à un tiers, mais jalousement la sauvegarder. Eût-elle confié à ce captivant personnage qu'elle soupçonnait l'existence d'une terre inconnue comme celle des limbes, où leurs âmes nostalgiques se retrouvent, délivrées de leur corps, il eût sans doute pensé qu'elle s'évertuait à le faire tomber dans ses rets grâce au surnaturel, comme on attrape des mouches avec du vinaigre.

Aussi, préféra-t-elle s'en tenir aux plaisanteries, d'autant ·qu'elle était heureuse à présent, et son inquiétude assoupie. Elle continua donc son badinage, l'accusant de posséder une double vue singulière puisqu'il avait fait connaissance de son lieu sans elle (comme si elle était déjà morte, pensait-elle), oui, avant même qu'elle ne l'eût quitté. Cela les amusa tous deux, lui surtout, de penser qu'il était une manière d'Asmodée diabolique. Elle ne put cependant s'empêcher de méditer sur la nature d'une douleur si obstinée qu'elle avait réussi à se survivre, se poussant jusque dans une autre mémoire et dans une autre vie.

Quant à lui, la regardant, il savait ce qu'il avait pressenti et refusé d'avance : ce parfum, cette personnalité insidieuse, cette promptitude qui prétendait tout élucider avant l'homme — cette rivale destructrice. Et quoiqu'elle ne lui déplût pas, il détesta en cette inconnue la femme qu'il avait autrefois aimée, celle qui l'avait si abruptement abandonné, mais qui pouvait, à tout moment, et sous une autre forme, revenir — celle qui rôdait toujours autour de lui, au point d'être déjà là, et qui n'était, sans doute, que sa part féminine.

RETROUVAILLES

Il la poursuivait depuis longtemps : elle était ce qu'il aimait, ou plutôt ce qu'il voulait avoir. Il aurait voulu posséder cet éclat, cette facilité, car elle se mouvait à l'aise dans tous les milieux, souriante, dorée, à la manière des papillons chatoyants qui peuplent de lointaines vallées. Elle était son exotisme et, à force de rêver à elle, il l'avait dotée de qualités dont il ne savait même plus qu'il était l'inventeur. Cette idée l'effleurait parfois mais il la chassait aussitôt car, après tout, ce qui importait n'était pas tant la femme que l'idée qu'il tenait à s'en faire : pourquoi raisonner, chercher le pour et le contre, abîmer cette image radieuse qui avait instinctivement fini par prendre forme ?

Elle qui, de son côté, le guettait depuis des mois sans en avoir l'air, savait qu'il appréciait ce dont elle n'était qu'un reflet : sa stabilité resplendissante ne venait nullement d'elle-même mais de son époux qui aplanissait toutes les difficultés, à qui elle devait tout, y compris cette possibilité où elle se trouvait de laisser vagabonder son esprit. Alors que tant d'autres femmes couraient hors d'haleine, comme des fourmis, vers leur bureau pour rentrer se consacrer à d'autres tâches, elle demeurait, grâce à son mari, miraculeusement préservée de semblables soucis. Il en résultait cette mine éclatante qui masquait le vide de son cœur.

Elle connaissait parfaitement sa paradoxale ingratitude : c'était parce qu'il mettait tout à sa disposition qu'elle avait le temps, et même le désir, de recevoir davantage. Quand elle avait rencontré Sébastien, elle avait compris tout de suite qu'il était ce que son mari ne pourrait jamais devenir : un artiste, un écrivain plein de fantaisie, d'inquiétude, d'imagination, d'humour, et elle s'était éprise de lui comme une jeune fille qui voit poindre à l'horizon l'espoir de la délivrance. Lucide, elle savait parfaitement la trouble origine de son obsession : la sécurité d'avoir l'indispensable la rendait insatiable. C'est pourquoi elle s'était mise tout d'abord en veilleuse, évitant de rencontrer Sébastien, prétextant le besoin de se reposer, de se cultiver, fuyant les expositions, les lieux où elle risquait de le rencontrer afin de ne pas être séduite par celui qui l'avait intriguée. Mais voir Sébastien, ou ne plus le voir, revenait au même puisque son absence ne faisait que rendre sa personne plus fortement évocatrice de ce qui lui manquait.

Elle en vint à se dire qu'il valait encore mieux le rencontrer afin de tuer dans l'œuf les germes de l'imaginaire. Mais, pour le voir, il eût fallu qu'elle se sente à l'abri ; irait-elle jusqu'à s'enlaidir pour lui déplaire, se tirer les cheveux, ou se maquiller de travers ? La honte du désir qu'elle éprouvait la poussa vers son mari avec tant de violence qu'il fut persuadé qu'elle s'attachait enfin à lui : elle avait mûri avec le temps et il voyait avec plaisir combien elle était enfin capable de l'aimer pour lui-même. Comment aurait-il pu soupçonner ce dont elle était à peine consciente — que cette passion subite qu'elle lui témoignait se nourrissait, non pas de fidélité, mais des scories d'un amour vécu avec l'ombre d'un autre ?

Du refus de se montrer ingrate envers son époux résulta la conception d'un enfant qu'elle appellerait Stella, la médecine lui ayant révélé qu'elle attendait une fille. Plus rien, maintenant, ne s'opposait à ce qu'elle revît Sébastien.

Au bout de quelque temps, elle lui écrivit une lettre anodine qui le bouleversa : tandis qu'elle semblait toujours voguer sur les eaux calmes de la sécurité, il s'était torturé à la crête des vagues. Il ne l'avait plus rencontrée depuis des semaines et le sort, qui n'avait cessé autrefois de les réunir, semblait s'acharner contre eux : partout où il était allé dans l'espoir de la retrouver, on lui avait répondu qu'elle était empêchée, qu'elle était fatiguée ou encore qu'elle était en voyage. Aussi ce petit mot qu'il tournait et retournait à présent dans ses mains le brûla-t-il comme un gage. Après tant de mois de silence, si elle s'était résolue à lui donner rendez-vous, n'était-ce pas qu'elle était prête à tout ? Il avait presque perdu confiance en l'idée de vivre cet amour (que pouvait-il apporter à cette femme, en regard de tout ce que son mari lui offrait ?) au point qu'il avait songé à dévier le cours de ses sentiments vers une autre, et voici qu'elle lui revenait juste quand il n'osait plus rien espérer.

Le jour où il devait lui rendre visite, il se leva de bonne heure, écrivit deux articles d'une seule traite, avec l'impression très nette qu'il allait vers son destin. Il sonna, elle ouvrit aussitôt, et il en conclut qu'elle était seule. Comme elle était belle ainsi, enveloppée de cette houppelande de bure, vaste robe qui cachait chastement sous ses plis les contours d'un corps dont il ne savait que trop bien les lignes précises ! Il la suivit au salon et admira les bouquets de fleurs qu'elle avait dû composer elle-même, avec cette fantaisie et cette imagination qui la caractérisaient, si différentes des allures compassées du mari ; il perdit ainsi quelque temps à contempler ce qui l'entourait afin de mieux la comprendre et se rapprocher d'elle.

Puis il se retourna vers cette femme à laquelle il n'avait cessé de songer — se tourna vers elle, et lui tendit les mains, pour ne pas la prendre tout de suite, comme il en éprouvait l'envie, dans ses bras — mais il resta coi, cloué de surprise. Ce qu'il avait pris pour de la pudeur n'était donc que banale lubricité, hypocritement abritée par la légalité conjugale : elle l'avait trompé le plus facilement, le plus médiocrement du monde, avec celui qui se trouvait là, sous son toit, alors que lui, libre et célibataire, l'avait attendue en rêvant comme un moine en proie aux séductions du démon. Fallait-il qu'il l'aimât plus qu'elle ne l'aimait, pour qu'il se fût senti sollicité par une fidélité que personne ne lui avait demandée !

Tandis qu'ils conversaient comme deux amis, dissimulant chacun d'eux une nervosité grandissante, il eut une vision précise et atroce de l'avenir : elle, avec son enfant, entité double et rayonnante dont l'amant serait exilé (mais non point le mari qui faisait partie de cette sacro-sainte trilogie) ; elle, à la réception donnée pour le baptême, entourée de fleurs, posant avec le nourrisson devant les photographes selon l'usage absurde de son milieu ; il souffrait surtout à l'idée de l'air triomphant que prendrait l'époux assis au côté du berceau et de celle qu'il avait rendue mère par ses œuvres — ses œuvres, Seigneur — il ferma les yeux devant la répulsion qui l'envahissait. Ce n'était plus la femme qu'il voyait, mais l'utérus gonflé, occupé, l'être futur coincé dans les entrailles, couché en rond, lové à l'envers, qui allait déchiqueter cette chair qu'il avait eu l'idiotie de croire adonnée à la pure brûlure du désir mais qui n'était, après tout, qu'un corps de femme peureuse, éprise de ce qu'une existence aisée pouvait lui donner, ou pire encore, une chair travaillée par l'obscène nécessité d'accoucher, d'allaiter, alors que le monde allait à sa perte.

Il avait beau la regarder, malgré l'épaisse laine qui la recouvrait il ne voyait que cet embryon qu'elle portait ; eût-il été un radiologue qu'il n'eût pas mieux décelé qu'elle était enceinte de trois ou quatre mois ; le cerveau, le visage, le sexe du fœtus étaient déjà formés ; dans cette vie intra-utérine, les organes progressaient inéluctablement vers un achèvement grâce auquel il serait exclu. Que deviendrait-elle après avoir donné la vie à un autre ? Que reste-t-il à l'amant d'une femme qui est déjà une mère ? Et comme il sentait monter en lui une rage sourde qui contredisait la tartuferie mesurée de leurs propos dans ce salon embaumé — comme il sentait, qu'un peu plus, il serait capable de se précipiter sur elle pour arrêter le cours de cette vie fécondée par un autre, il se leva, très pâle, et, sans lui tendre la main, se dirigea vers la porte, murmurant que non, vraiment non, il ne pourrait jamais les aimer tous les deux.

Après son départ, elle laissa silencieusement couler quelques larmes, ses mains posées à plat sur son ventre, car son enfant venait de bouger pour la première fois, et elle ne savait pas si elle allait le chérir ou le haïr d'avoir chassé la passion hors de sa vie.

HISTOIRE VRAIE

Elle avait commencé par être choquée de la confusion que les écrivains entretiennent entre l'imaginaire et la vérité : tout leur est bon, mêlé dans un creuset où les événements sont aspirés, puis manduqués. Ils ne reculaient devant rien, du moment qu'ils y trouvaient l'occasion d'enjoliver et de broder. La moitié du temps, la médiocrité de leurs livres ne justifiait guère ces révélations indiscrètes, mais dans le cas où ils avaient du talent, le danger était pire ; elles contaminaient et détruisaient le créateur lui-même car les vérités transposées n'en sont que plus graves et plus fortes. Quant à Béatrice elle n'avait plus le choix, elle était maintenant de l'autre côté, où l'on ne se contente plus de lire et de juger, là où une force impitoyable exige de s'incarner. On eût dit qu'un ogre malfaisant l'habitait, exigeant matin et soir sa pâture.

Ce soir, justement, une victime de choix se tenait sur le seuil, avec cet air blême et inachevé qui avait le don de provoquer sa cruauté comme il avait dû allumer, bien des fois, la concupiscence des hommes. Béatrice ne connaissait cette jeune fille qu'à travers Etienne ; il l'avait fait poser comme modèle, éprouvant pour elle une sorte de condescendance paternelle qui, bien entendu (Béatrice sourit juste un peu), ne l'empêchait pas de préférer sa maîtresse léonine à cette gauche écolière. La victime hésitait donc près de la porte, le visage défait, tenant à la main des feuillets dont Béatrice reconnut aussitôt l'écriture, ce qui la fit bondir comme un fauve : elle avait horreur d'être lue sans que son texte fût fignolé et bouclé.

Elle se rassura bientôt, voyant qu'il s'agissait d'une nouvelle qu'elle avait mise au point : l'histoire de deux jumeaux, dont l'un se noie dans un étang parce que son frère est frappé de léthargie à le voir sombrer silencieusement sous une étendue de lentilles d'eau et de cresson qu'ils avaient prise pour une innocente prairie. Assis sur la berge, l'enfant avait été pétrifié, incapable de crier, complètement dominé par la magie inconnue émanant de l'eau. Dans la réalité, d'après le fait divers qu'Etienne avait raconté à Béatrice, il s'agissait d'un garçon et d'une fille, mais elle avait préféré transposer ; il ne fallait jamais se contenter de la vérité nue. A ne pas le travestir, le réel demeurait terne et pauvre. C'est pourquoi elle avait imaginé cette histoire d'un frère obsédé par la mort de son double. D'ailleurs, en ce moment, elle s'intéressait davantage aux liens complexes entre êtres du même sexe, même si elle était redevable à son amant de ce récit qu'il lui avait livré un jour où ils se promenaient sur les berges d'un lac. Ce jour-là, commentant ce drame, il l'avait mise en garde contre le magnétisme qu'exerçait sur elle l'eau stagnante et, en effet, la singularité de l'anecdote résidait pour elle non point dans l'événement bouleversant de la noyade, ni dans le fait que les deux enfants fussent jumeaux, mais dans la fatale inertie du survivant à voir la lente dévoration de son frère par les éléments.

Pendant son enfance, Béatrice avait également souffert de cette fixité meurtrière. Chaque fois qu'elle se penchait

du haut d'une falaise surplombant l'entonnoir de la mer
frangée d'écume — là où les eaux forment un tourbillon
capable d'aspirer un phare, un bateau, un monde — son
corps avait été tenté de se laisser aller à ce mouvement
giratoire auquel, se baissant davantage, elle eût volontiers cédé si ce n'est que la voix de sa mère finissait par
rompre le charme.

Que de fois avait-elle éprouvé cet envoûtement, où la
sensualité consiste précisément dans la mort des sens !
Couchée près d'une mare, elle cherchait à percer du
regard sa surface légèrement opaque pour atteindre la
vase ; le paysage s'y reflétait imparfaitement, partiel et
déformé, mystérieux et tranquille. Ce grand manoir
abandonné dont il faudrait réparer les douves et les toits,
près duquel se trouvait la pièce d'eau, se transformait en
songe merveilleux d'une demeure idéale. Personne n'aurait plus à ouvrir ou fermer ces volets vétustes puisqu'à
travers le reflet tout demeurait à jamais immobile ; à vrai
dire, l'idée de la maison avait remplacé la maison
elle-même. Autour du reflet, flottaient de longues herbes
semblables à ces chevelures qu'elle aimait chez les
Ophélies préraphaélites — cheveux roux et voluptueux,
torsades dont Béatrice se sentait la captive. Derrière ces
herbes fallacieuses se cachait sans doute le secret de cette
blanche demeure assez vaste pour y vivre un jour avec
ses enfants, et les enfants de ses enfants, tribu échappant
à la révolte qui dressait les êtres les uns contre les
autres, puisqu'elle se serait réfugiée sous le territoire
inaccessible et involué des eaux.

A cette époque, les fleurs qui bordaient la rivière
l'avaient fascinée par leur symbiose avec le monde
aquatique : les renoncules, les nénuphars, les soucis
d'eau, toutes les tiges grasses des fleurs gorgées ; elle
observait les insectes qui patinaient sur les surfaces
glauques, les jeux de lumière, les profondeurs d'où
paraissaient remonter des têtes et des mains qui l'appe-
laient afin qu'elle flotte à son tour comme ces corps

blêmes de femmes semblables à des corolles, qui émer-
geaient on ne savait d'où, avec leurs seins de pétales. Elle
aimait les libellules effleurant les étangs de leurs ailes,
les phryganes dans les roseaux, les berges couvertes de
lysimaques rouges et de myosotis, et son esprit était
comme hypnotisé par le suspens du mouvement, pourtant
continu, vie minutieuse et incessante des marais, sans
début ni fin, tout en fluctuantes palpitations. Cette
extase, Béatrice l'avait également ressentie devant les
incendies, ses facultés figées par le crépitement et les
métamorphoses des flammes : tant de labilité, tant de
formes, ne pouvaient que confirmer la pauvreté, mais
aussi l'unicité, de la vision humaine. Jamais elle n'oublie-
ra ces enfants qui avaient allumé une bougie sous leur
lit, afin de pouvoir lire en secret la nuit ; le matelas avait
pris feu et ils se savaient menacés, mais aucun d'eux
n'avait osé bouger, paralysés par le plaisir de leur lecture
clandestine et l'imminence du danger. C'était un miracle
si la bonne, soudainement réveillée, était passée par leur
chambre pour se rendre aux toilettes ; ce détail leur
avait, tout simplement, sauvé la vie.
    Béatrice soupire, et la jeune fille, qu'elle avait presque
oubliée, se met à pleurer ; ce ne sont pas des larmes
d'émotion mais des larmes de haine car d'un geste plein
de fureur elle effeuille le manuscrit et jette sur le sol les
morceaux de papier qu'elle a déchirés avec la violence
méthodique d'une femme qui s'acharne à plumer une oie.
A travers les sanglots, Béatrice perçoit ces paroles : « Il
n'aurait pas dû — non, vous n'auriez pas dû... » Le visage
ravagé l'accuse. Elle finit par deviner que l'histoire a été
volée à la petite par Etienne : elle concerne ce jeune frère
qu'elle n'avait pas sauvé, tant elle avait été, comme
Béatrice, prisonnière de l'extase fatale. Justement, que le
sujet de la nouvelle soit, non pas la mort de l'enfant,
mais ce somnambulisme de l'esprit devant la magie
dégagée par les éléments, avait dû lui paraître d'un
cynisme pervers.

Béatrice attire la petite vers elle et pose sa tête sur ses genoux ; elle caresse ses beaux cheveux tandis que, de rage, l'enfant la mord à travers sa robe. Elle laisse faire, pour en savoir plus long. Elle apprend ainsi tout ce qui liait ces deux adolescents : leur passion singulière, cette journée au bord de l'eau avec la perte incestueuse de la virginité dans la brume du soir ; l'effroi à la vue du frère disparaissant sans bruit parmi les mousses et les plantes, eau végétale et traître que les enfants avaient crue terrienne et tenace, puis, le léger sucement, les cercles concentriques, les bulles opaques qui avaient remplacé la tête trop aimée. Quand elle avait secoué son enchantement, il avait été trop tard ; tout était fini lorsqu'elle s'était réveillée ; elles avaient donc en commun cette diabolique faiblesse, celle d'en arriver à sacrifier les êtres pour capter l'inimitable splendeur de l'instant, de l'eau et du feu.

Il n'était pas difficile de comprendre comment Etienne avait appris ce drame avant d'en faire cadeau à Béatrice. La petite avait tout deviné en lisant le récit : ici nulle complexité, pas de doutes ; l'origine était claire et coupante comme toute trahison. Jamais elle n'avait consenti à confier cette tragédie à quiconque si ce n'est à Etienne, tant elle se sentait coupable. Ne possédant rien d'autre qui fût vraiment à elle, elle la lui avait offerte comme une preuve d'amour. Qu'Etienne l'eût trompée ou non n'importait plus à Béatrice : elle avait depuis longtemps vécu ses infidélités à l'avance. Telle était sa méthode : souffrir quand les choses n'avaient pas encore eu lieu, afin de pouvoir les affronter au moment venu. Ce qui la frappa, c'est qu'elle partageait avec la petite cette possibilité d'une expérience à la fois spirituelle et charnelle, cette anesthésie de toute sensation, propre aux saintes qui n'éprouvent plus rien tandis que les tortionnaires arrachent leurs membres et qu'elles sont absorbées par l'éclatant visage de leur Dieu.

Pour Béatrice, comme pour l'enfant meurtrie, la vie

s'était arrêtée ; elle avait dû répondre à l'Appel : cette nécessité absolue, ressentie au-dedans, d'écrire ; et maintenant, après cette pénible soirée, elle demeurait silencieuse dans les ténèbres, à écouter les rossignols. Comme elle aimait ce moment immobile à l'heure du crépuscule, quand les oiseaux vident la terre de sa couleur pour la restituer à l'univers grâce à leur chant musical — vert acide du pré, neige des arbres presque phosphorescents ! Au son de leurs vocalises mélodieuses, les deux femmes partagèrent la misère humaine en même temps que sa beauté, guéries l'une par l'autre d'être déçues du même compagnon. Pourtant cette accalmie fut de courte durée. Béatrice se sentait déjà tiraillée par l'impuissance de vivre ce moment dans son intégrité ; les rossignols lui rappelaient que cette communion insolite exigeait d'être cernée par des mots : tout est impermanence, évanescence ; seuls demeurent, pour un laps de temps, grimoires ou hiéroglyphes. Alors elle se leva, impatientée, car le feulement intérieur s'était fait entendre, lui intimant l'ordre de vider l'instant de ses sortilèges au profit de la dérisoire fixité de l'écrit.

UN AMOUR HEUREUX

Bien des amis lui reprochaient son angle de vision : « Tu ne vois que les horreurs », disaient-ils. On l'accusait d'ingratitude, de ne décrire que le revers de la médaille. Ce jour-là — une journée splendide, un Jeudi Saint —, les cloches, avant de sommeiller jusqu'au jour de la Résurrection, sonnaient à toute volée ; elle regardait au-dehors la grande rosace de l'église investie par le vol feutré des pigeons et l'aiguillon d'une joie — de plus en plus rare maintenant — la traverse. Elle se sent transportée, l'espace d'un instant, là où l'être est invulnérable, enveloppée au creux de la vague, enlevée loin d'elle-même, et se souvient qu'autrefois une espérance semblable l'inondait tôt le matin quand elle partait à bicyclette pour l'école. C'était l'espoir, cette chose sans nom ni visage. L'espoir elle ne savait de quoi.

Aujourd'hui, ce n'est plus d'espoir qu'il s'agit, mais de son envers, du manque d'espérance et de certitude. L'étrange est que, justement, la joie trouve à se glisser dans les failles malgré tout. Un voile se déchire comme les lèvres d'une plaie, et c'est au fond de cette plaie que se cache la joie. Et puis il y avait aussi ce merveilleux trajet des tâches monotones, cet amour des vieux toits moutonnant jusqu'à la cime du clocher, ces premiers chants du merle au printemps, l'éclatement des genêts sauvages, la tiède blancheur des pierres, la vue des êtres aimés à l'abri, sains et saufs, entre des murs. Un avion passa au-dessus d'un jardin, mais cette déchirure de l'espace, qu'elle détestait, n'avait pas plus d'importance, ce matin-là, que le bourdonnement d'une grosse mouche réveillée par la chaleur du soleil à travers la vitre. Tout cela, elle devrait le dire : le calme silencieux des chambres, la plage infinie du lit.

Quelque chose d'insensé prit possession d'elle comme si tous les temps se confondaient, le passé et le futur, la mort et la vie : les pigeons près de la rosace s'envolaient telles des mouettes au large des falaises, et les spires des clochers se tendaient dans le ciel comme les bras rougeoyants d'une écluse qu'elle avait vus se lever une nuit à Anvers ; tout se mêlait, et le malheur ancien, inscrit, limité dans le temps, se trouvait annulé. Puisqu'ils disaient qu'elle n'était qu'une ingrate, elle se laisserait aller au bouillonnement de la vague, aux souffles du printemps et de la confiance. Mais l'étrange était que plus elle laissait deviner la stabilité tranquille de ce nouvel état, plus son mari s'agitait même quand elle lui faisait remarquer la clarté du jour, la chaleur du soleil, l'intimité claire de leurs pièces, le don harmonieux des heures, la certitude des nuits, la magie d'un coup de foudre qui dure, la vanité de chercher ailleurs ce que, déjà, ils possédaient. Jamais encore elle n'avait éprouvé ce calme, et elle s'accorda le droit de le savourer comme une pêche glacée dans la bouche ; mieux, elle le décrirait dans une nouvelle intitulée *Un amour heureux*.

La voici devant la table, avec son titre. Mais pourquoi écrire, pourquoi utiliser une langue qui n'est pas faite pour la joie, et dont les mots acérés ne furent créés que pour débusquer les masques du mal, dépister ce qui se cache derrière les choses, soulever les pierres et regarder, dans l'humus humide, grouiller la vie des insectes — pourquoi, oui, pourquoi vouloir écrire ?

Elle sortit faire un grand tour dans la campagne, contempla les premiers vols d'oiseaux migrateurs, fut soulevée par une houle d'odeurs, d'éclosions et de chants. Mais plus elle s'adonne à la sérénité, plus il lui semble que se creuse un vide entre elle et son mari. Elle lui montre un visage présent, rieur et lisse — elle est là, entièrement là, présente. Elle n'a même plus besoin de mots. De quoi parle-t-il — de projets, de choses et d'autres concernant la vie, de personnes ? Pourquoi brise-t-il le silence de la joie ?

Elle retourne devant la table, se raccroche à son titre, *Un amour heureux*, mais tout la fuit. Elle dissimule son impuissance, la cache comme une tare, refuse de montrer l'insupportable angoisse qui l'étreint depuis qu'elle s'adonne à la contemplation du bonheur. Elle se souvient de ce jour lointain où, dans le jardin à l'italienne, derrière le presbytère, elle était restée longtemps grisée par la palpitation continue d'un papillon couché sur une pierre — elle avait été rassurée qu'il restât là, posé sur la pierre moussue, qu'il n'eût pas élu domicile sur une fleur qu'elle aurait dû décapiter avec son filet, quand tout à l'heure elle surprendrait sa proie. Mais ensuite, elle n'avait pas supporté les mailles du filet sur l'émail des ailes, comme autrefois elle avait eu peur de voir les bagues de sa grand-mère étinceler sous le fil de ses gants. Elle avait compris ce jour-là que rien ne se fige, ne se surprend, que tout échappe de ce qui scintille : les feux d'une pierre, les frémissements de la vie — tout, sauf l'opacité d'une douleur qui accepte de séjourner à loisir dans l'homme.

Elle est toujours assise à sa table en possession de son titre. Les jours passent, mais le récit refuse de naître. Elle a écrit, autrefois, des pages et des pages sur la souffrance et le mal, et voici que le bonheur exige de rester intérieur. Voici que son mari, rassuré (elle n'a

jamais été si accessible, si simple, somme toute), rutile
d'un triomphe qui exige de se déverser sur les autres. Il
chante, il sort, il va au café, il rentre tard, il n'a plus
d'inquiétude, il sait qu'elle l'attend, fidèlement, engluée
dans une joie enfin reconnue. D'être aimé, il est prêt
(sent-elle) à aimer ailleurs ; plus rien ne l'enferme, ne
l'attache, il se sent (dirait-on, à le voir) flotter — bulle
irisée, allant de-ci de-là — montgolfière qui survole les
villes et les champs.

Un vide progressif l'envahit — le vide de la page, celui
de la maison, car son mari, sûr d'elle qu'il tient comme
une pierre dans la main, n'est plus là qu'en passant ; il a
tant de forces, maintenant, à dépenser pour les autres !
Elle se sent seule, démunie, épuisée par sa joie qui
elle-même s'épuise. Elle n'achète plus de journaux,
n'ouvre plus la radio, ne veut pas savoir où l'on tue et
torture puisqu'on lui reproche sans cesse, elle qui est
privilégiée, de se pencher obstinément sur la souffrance
et de dévoiler ainsi une nature morbide, pour ne pas dire
macabre, obsédée par la mort. L'oiseau — un loriot
peut-être ? — chante ces trois notes : « Pas de paradis. Pas
de paradis ! » Mais puisqu'elle le sait, que le bonheur est
tangible, qu'il n'a plus besoin d'espoir ! Elle n'écoutera
pas cet avertissement : la certitude est là, à portée de la
main : dans la maison, le printemps, les éphémères
présences.

N'est-elle pas consciente à présent de l'absurde fièvre
née de cette quête de l'impossible, de cette éternelle
chasse qui est peut-être celle du néant — signe d'avarice
et de froideur à l'égard du bonheur terrestre ? Elle ne
poursuivra plus les papillons fous de l'invisible ; elle sait
qu'elle a déjà atteint son but — elle est heureuse, elle le
constate à mille signes imperceptibles qu'elle va consi-
gner pour les glorifier et les conserver à jamais, dans la
nouvelle intitulée *Un amour heureux*.

Mais rien ne vient. Non, rien ne vient. Le bonheur
n'accepte pas de se réduire à des signes. Tout serait

trahison, impudeur, secrets livrés, instants faussés, maquillés, tués par la maladresse des mots; seule la musique pourrait, avec son ineffable pouvoir, dire ce qu'elle... ce qu'ils... tout cela qui, par l'écriture, ne se laisse pas cerner. Tandis que la souffrance s'exorcise, la joie demeure aussi secrète que l'instant où palpite la gorge de l'oiseau. Le bonheur a-t-il seulement une consistance, une chair à laquelle s'attaquer? Elle se souvient de certains pétales flétris dès que touchés.

Les jours passent. Elle est toujours en possession de son titre. Mais la joie se vide, les journées s'étirent, le soleil n'en finit pas de disparaître, la durée l'écœure, les heures sont vacantes — elle rêve d'une Nuit obscure où mieux ressentir la blessure d'un Dieu. Ce calme où elle est l'inquiète : ne serait-il pas déjà celui de la mort? Elle le voit bien : son mari a peur, de plus en plus peur de leur certitude conquise. Il étouffe, il se débat; il réinvente les autres. Quels autres? Pour elle le monde est désert, elle n'a nul besoin des autres, ils n'ont plus de place dans sa vie; lui, en revanche, s'ingénie à les débusquer, les lui offre sur un plateau d'argent, se décourage à voir que plus rien ne la tente. Elle s'attendrit intérieurement : au fond il est anxieux de voir qu'elle n'aime que lui, il se sent vulnérable d'être l'élu; sans doute aurait-il une plus haute idée de sa personne s'il n'était pas le seul, mais le préféré.

Elle sait ce qu'il pense : il la trouve amorphe, incapable de souffrir, croit qu'elle n'éprouve plus aucun désir, craint qu'elle n'ait cessé de l'aimer. Il croit, ou veut croire qu'elle en aime un autre; il cherche des symptômes, découvre des indices, les accroche à un visage, puis à un autre; la voici, dans sa tête à lui, livrée à une sarabande d'hommes dont elle n'a cure et qu'elle subit avec indifférence; il lui semble que, sans le vouloir, il blesse leur amour fragile; elle s'absente de la conversation pour ne pas voir comment, par inquiétude, il étrangle la joie comme on serre une gorge ; elle oppose la surface d'un visage buté ; mais non, elle n'aime que lui : tous ces hommes dont il parle, qu'elle voit sans les voir, elle ne les supporte que parce qu'ils font partie de la vie, comme les voitures ou les rues ; elle lui promet (sachant qu'elle commet une erreur, mais que veut-il donc qu'elle lui dise ?) qu'elle l'attend, qu'elle est près de lui — il la regarde avec épouvante, comme une sorcière, un monstre.

Il a l'air empêtré dans une toile d'araignée. Il mange rapidement, avale son café : il est occupé, très occupé — il doit sortir. Elle n'a donc rien à faire aujourd'hui ? Elle n'écrit plus, ne voit plus personne ? Elle entend la porte claquer — il est sorti. Elle reste seule avec son bonheur à décrire, songeuse, car elle vient de voir, chez son mari, naître la cruauté. Son propos est clair : il s'inquiète de ne plus être inquiet. Il veut la punir. De quoi ? D'être heureuse grâce à lui ? Elle renverse la situation : aurait-elle peur de le voir rêveur et repu ? Oui, certes, elle aurait peur. Maintenant elle hait son projet qui était de rendre grâces à cette joie qui ricane dans les coins : « Vous m'avez voulue ? Me voici ! Je vous étranglerai de mes vieilles mains à la peau tavelée, je suis aussi cette Mort que vous avez oublié d'appeler. »

Elle dort mal. Depuis qu'ils sont heureux, depuis qu'ils n'ont plus rien à attendre, elle ne voit plus devant elle qu'un désert calciné. Elle y laissera ses os. Ses amis ont beau chuchoter, lui dire d'écrire des choses belles et gaies, comme l'est si souvent la vie, ils se sont détournés d'elle à la voir devenue radieuse. Son bonheur sort d'elle comme une traînée de poison, une bave vénéneuse. Elle est irrespirable, intouchable. Elle rayonne d'une clarté meurtrière et odieuse dont les hommes s'écartent.

Les jours passent, elle est toujours en possession de son titre, mais il lui semble que son corps n'est qu'une coque vide. Elle fait un rêve affreux, frémissant de becs, de volailles ; elle ouvre un garde-manger où elle avait rangé de beaux œufs blancs; ils ont éclos dans l'obscurité confinée de l'armoire et, maintenant, ils tombent sur elle, achevés mais mutilés, car l'absence du monde extérieur a fait qu'ils sont nés sans leurs plumes: ce sont des poules, des coqs à chair rose et flétrie qui montrent de noirs orifices là où le plumage a refusé de pousser; elle a ouvert l'armoire pour prendre de beaux œufs lisses et blancs, et ce sont ces volailles monstrueuses qui lui ont sauté dessus, comme des faucons nains, criant d'une voix éraillée.

Elle regarde désespérément devant elle; elle cherche quelque chose, quelqu'un à se mettre — ou plutôt à *lui* mettre — sous la dent: un visage qui occuperait son imagination masculine pour éviter la lumière de l'amour. Elle s'en accommoderait jusqu'à la fin du monde, lui semble-t-il, sans agir, sans bouger, transpercée sur place, mais comment savoir, elle ne peut pas en juger puisqu'à présent son mari l'entoure d'intrigues imaginaires. C'est bien sa faute, se dit-elle: un homme que l'on prive de la jalousie est un homme perdu. La voici épouvantée par la complexité sans nom d'un seul être — *un seul*. Elle le voit bien: l'unique ne peut se définir, plus innombrable que le nombre. La multiplicité de l'espèce n'est là que pour distraire du vertige qu'elle provoque. Elle soupçonne (sans juger, car peut-être agirait-elle de même) que son mari tourne en rond dans son propre bonheur qui le mutile et le châtre — alors elle cherche dans son souvenir, dans la rue, dans l'avenir, un homme, un garçon, un rival, qui soit une pierre où trébucher, un mur où se heurter.

Elle ne trouve rien, ne veut rien. Ils pourrissent dans la pire des angoisses qui est celle du bonheur nommé. Elle comprend qu'elle a voulu commettre une sorte de viol: s'évader de la vie, des autres; pourtant ce sont les autres qui le lui ont demandé. Elle a cru qu'elle pouvait échapper à la loi, renier la douleur; elle a prétendu, encouragée par ces amis inconscients, pouvoir attenter au sacré, définir la joie sans forme ni durée. C'est la faute de ceux qui ont cru que l'on peut dévoiler l'indicible. Comme une sotte, elle les a écoutés. Par culpabilité, elle a renoncé à se sentir coupable.

Maintenant (elle a depuis longtemps renoncé à son titre) elle se tient fiévreusement aux aguets derrière la vitre. Aucune certitude ne lui vient de l'espace, si ce n'est l'avertissement du loriot «Pas de paradis! Pas de paradis!» Elle laisse retomber le rideau. A cause de l'amour, jamais elle n'écrira *Un amour heureux*.

L'HIRONDELLE

Couchée sur son lit, Cora se sent si faible qu'elle respire à peine. Par la fenêtre ouverte, elle regarde d'un côté la réalité du dehors, le lilas en fleur, le minuscule érable à la croissance enrayée sans doute parce qu'elle a tardé à le planter, les narcisses frileux ; de l'autre, elle voit ces mêmes fleurs, ces mêmes arbustes reflétés dans les carreaux : d'une certaine façon, ces tableaux immobiles, encadrés avec une profondeur accrue, la blessent moins· que l'agitation printanière. Il souffle un vent froid et, dans la haie, les oiseaux continuent leur vacarme ; elle regarde les buissons et ne cherche pas à retenir ses larmes. Depuis des années, ils viennent ensemble dans cette maison mais, cette fois-ci, tout a perdu de sa belle limpidité.

Ses larmes ne cessent de couler sur l'oreiller ; comme il n'y a personne, elle les laisse couler. Il est vrai que de temps à autre, avec une tendresse inquiète qui la blesse, son mari passe la tête par la porte ; elle bouge alors légèrement ; il lui suffit de changer d'angle pour qu'il ne s'aperçoive de rien. Il croit qu'elle est malade et, en effet, elle tousse avec conviction. Rassuré — il n'y a que les douleurs morales qui soient inguérissables —, il referme la porte.

Il ne devine pas quel atroce voyage elle effectue. Elle sait que de telles étapes se parcourent longtemps à l'avance — parfois un an ou deux avant la brisure même —, elle ne se fait plus d'illusions ; c'est là une étape précise qu'elle franchit ; impossible de s'y méprendre, elle qui a déjà cru aimer plusieurs fois. Elle emploie ces termes « cru aimer » parce que, cette fois-ci, après tant d'essais avortés, elle avait cru au miracle. Pourtant, il avait suffi de quelques mensonges, de quelques trahisons de part et d'autre, de souffrances orgueilleusement mais inutilement dissimulées qui avaient foré leur trajet en secret et resurgi tout à coup dans une lumière banale et crue, pour que leur entente se trouvât détériorée. Bien sûr, chacun avait pardonné à l'autre, mais à quoi bon ce qu'on appelle le pardon ? C'était là un mot qui ne permettait pas l'oubli, qui n'effaçait ni la répétition ni l'usure, ni la découverte, d'une évidence stupide, qu'ils étaient tissés de l'habituelle étoffe humaine.

Elle regarde le jardin, les aubépines qui, bientôt, pendant quelques jours, laisseront couler un sang écarlate, les petites fleurs droites et drues, appelées compagnons du chemin, qui l'attendrissent — pauvres étoiles dressant leur tête vers leur part de pureté perdue. Elle n'aime plus l'arbuste violet qu'elle a choisi chez le pépiniériste ; il a des mains griffues ; elle en a taillé quelques rameaux l'autre jour mais, dans le vase, ils sont aussitôt devenus flasques et floches.

La voici prise d'une frayeur incontrôlable et, d'un geste convulsif, elle remonte son édredon jusqu'au menton : une hirondelle est entrée dans la chambre où elle décrit des cercles rapides et fébriles, en proie au dessein obstiné de s'accrocher à l'une des poutres claires qui ornent le plafond. Cora n'a jamais eu le courage de teindre ces poutres au brou de noix, et d'ailleurs l'hirondelle ne semble pas les prendre pour un lieu de nidification possible; pourtant, un entêtement aveugle la pousse à les frôler de près, à les raser d'un vol coupant au cours duquel l'oiseau pourrait aussi bien se fracasser contre le mur que plonger à tire-d'aile et crever les yeux de la femme couchée. Fascinée, elle épie ce vol répétitif et vain. Quand l'oiseau ressort enfin, tel une flèche, vers les lilas, elle respire — un instant seulement, car son mari revient; il entrouvre doucement la porte et, dans la manière insidieuse dont il l'observe, elle éprouve une sorte de viol.

Il part. Elle rouvre les yeux et contemple le jardin mais sa vision est, une fois de plus, meurtrie par le souvenir d'une faute impardonnable: son petit frère était tombé de la balançoire alors qu'elle était chargée de le surveiller un jour de départ en vacances. Il en était resté boiteux — mais les choses auraient pu être tellement pires: il avait manqué se rompre le cou ou la colonne vertébrale, rester un nain à vie. Une fureur glacée avait alors secoué l'adolescente, car elle était justement en train de griffonner à la hâte une lettre qu'elle comptait poster en cachette de ses parents: un mot pour l'ami de classe qu'elle aimait, sa première lettre d'amour — et, naturellement, il fallait que son petit frère profite de cet instant pour se casser la jambe. Secouée d'une rage impuissante — car elle soupçonna aussitôt que son amour ne résisterait pas à cette épreuve — au lieu de secourir l'enfant prostré, elle était restée un bon moment à le regarder, puis, à l'entendre geindre, elle l'avait violemment giflé. Il y avait des années et des années de cela, mais personne n'avait oublié. On n'oubliait jamais rien; tout restait là, accroché aux branches de ce même jardin, de ces mêmes lilas, enrobé dans la gaine refermée, dure et verte des lupins. Et quelquefois, lorsqu'on s'y attendait le moins, l'horreur de la faute resurgissait comme, à présent, l'accident et la manière inadmissible dont Cora s'était comportée.

Naturellement, avec le recul des années, elle s'était

elle-même absoute, elle avait compris ce qui se cachait derrière la révolte qui avait fait irruption comme un cours d'eau refusant d'être dévié par des pierres. Pour une fois, oui, pour la première fois qu'elle avait osé être elle-même et s'exprimer librement, avouant à Guy combien elle tenait à lui, combien elle partait avec ses parents contrainte et forcée, il avait fallu cacher à la hâte la lettre secrètement griffonnée, nier le vœu brûlant et refoulé de son être, renoncer, secourir ce frère qu'elle n'avait demandé à personne, trouver de la teinture d'iode, tandis que ses parents l'accablaient de reproches ; c'était vrai qu'il aurait pu se tuer, et, sur le moment, elle s'était souvenue, avec un sentiment de complicité criminelle et sauvage, d'une brebis qui n'avait allaité qu'un seul de ses agneaux. Ils se ressemblaient comme deux gouttes d'eau ; pourtant, la mère en avait élu un seul pour la vie, elle avait renvoyé l'autre à la mort sans que personne ait compris le motif de son choix.

Les oiseaux pépient de plus belle dans la haie. Cora, toujours couchée sur son lit, voyage à rebours dans le temps, remonte la durée et tombe dans un gouffre ; elle reconnaît parfaitement ce vertige qui la prend — la première des étapes d'un détachement qui sera long à venir.

L'hirondelle reparaît dans la chambre. Cette fois-ci Cora prend le temps de contempler son ventre gras et blanc, sa queue frissonnante, découpée comme les ailes d'un macaon. Une palpitation cruelle anime l'oiseau tandis qu'il s'acharne à virevolter autour de sa tête près des poutres, comme s'il prétendait défier le vide de n'être que du vide. L'angoisse de Cora monte, elle aussi, en un crescendo insupportable : de toute évidence l'hirondelle va continuer son manège indéfiniment tout l'après-midi ; l'instinct l'y oblige, un instinct opaque comme l'est celui qui a poussé Cora à laisser s'estropier son frère puis à épouser son mari, et les cercles inutiles accomplis par ses ailes lui rappellent qu'elle n'en est qu'au début du lent périple à parcourir avant toute rupture. Elle regarde les griffes rouges des arbustes, les grappes du lilas brûlées par le vent, et se rappelle soudain un autre épisode vécu il y a longtemps, mais les événements ne sont pas chronologiques : ce qu'elle a vécu hier lui paraît si éloigné qu'elle n'en a plus aucun souvenir, alors qu'elle garde parfaitement la mémoire de cet instant-là. Son mari avait voulu l'aider à sortir la tondeuse du petit hangar lorsqu'ils avaient découvert, agrippé au toit, un nid d'hirondelles admirablement tressé. Juchée sur l'échelle, Cora avait observé les dix petites têtes des oisillons, mais leurs crânes minuscules et chauves restaient obstinément immobiles — pauvres oiseaux, morts de froid sans doute, car le printemps était hivernal, et les premières fleurs saccagées par le gel. Devant ce nid où rien ne bougeait, elle avait senti quelque chose se figer et puis, tout à coup, d'un seul élan, dans ce qui avait paru jusque-là n'être qu'un magma inerte, dix becs s'étaient ouverts dans un sursaut goulu, dévoilant une profondeur rose et noire. Tels ils étaient restés, triangulaires, affamés, dans une béance statique qui avait davantage troublé Cora que si les oiseaux avaient été pétrifiés par le givre. Pourtant, égoïstement, elle et son mari poussèrent un soupir de soulagement ; ils étaient reconnaissants au destin que cette journée ne fût pas assombrie par la présence d'une agonie — c'était au printemps, comme aujourd'hui, les lilas étaient en fleur. Comme le jour où son frère avait failli mourir. Ils avaient cueilli quelques narcisses dont les corolles, une fois sevrées de l'humidité nourricière de la terre, s'étaient aussitôt flétries dans leurs mains.

Maintenant, à voir tournoyer l'hirondelle, elle ressent l'avidité répétitive de la vie. Opiniâtre, l'oiseau continue de frissonner au-dessus d'elle, plus vorace que jamais, dans une vibration stationnaire, tâtonnant contre la poutre ; vrombissant comme un jouet mécanique à jamais remonté, il s'était mis à pousser des cris perçants. Ce défi tenace, cette poursuite inutile, l'impossibilité où l'hirondelle était de trouver le lieu de son nid terrifient Cora, elle qui n'a jamais procréé ; elle qui a entendu les plaintes de son frère le jour où elle a renoncé à aimer.

Soudain, attiré par les clameurs stridentes de l'oiseau, son mari repasse doucement la tête par la porte mais cette fois-ci, elle ne détourne plus son visage défiguré, afin qu'il puisse être gorgé jusqu'à l'exaspération du spectacle de son malheur. Ce malheur, elle le traîne sans raison définie, tout simplement parce qu'il lui a déjà fallu rompre plusieurs fois dans sa vie, et que, sans raison apparente autre que celle de l'usure du temps, elle sait que le processus est de nouveau entamé. Elle souhaite brûler les étapes — comment lui serait-il possible de souffrir encore une fois la traversée de ce désert dans l'intense brûlure que procure la soif d'en finir ? Son mari regarde l'oiseau d'un air irrité, le chasse avec des mouvements d'homme à qui rien ne résiste. L'hirondelle file vers les aubépines et il referme la fenêtre d'un geste volontairement consolant. Elle sait parfaitement ce que son acte méthodique et précis cache de nervosité douloureuse car il n'a jamais réussi à la guérir de cette blessure initiale, de ce quasi-meurtre de l'enfance ; il lui en veut sans doute et, depuis longtemps, elle soupçonne que sa vie est ailleurs.

Allongée sur son lit, elle ne regarde pas le jardin ; ce qu'elle observe n'existe plus mais se trouve encore au plafond, où l'oiseau s'est attardé, mû par une force inconnue de lui-même, qui l'a forcé de battre des ailes sur place, inutilement, follement, et son corps de femme stérile caché par l'édredon lui paraît celui d'une morte tandis que son esprit, comme le bec de l'hirondelle, déchiquète le vide.

LE MAÎTRE D'HÔTEL

I

Dès qu'elle avait besoin d'argent de poche, c'était à lui qu'elle s'adressait. Il connaissait tout, chaque recoin de la maison, tellement mieux qu'elle. Elle rougit — mais oui, elle rougit encore en songeant à l'instant où il l'avait surprise en train de voler — disons qu'un léger doute plana malgré l'air malicieux et entendu que prit Hubert à la voir fourrager dans l'armoire. Delphine avait bien des fois regardé Hubert astiquer ce meuble superbe, son tablier blanc entortillé comme un drap autour de son pantalon noir rayé, son plumeau fiché sous le bras tandis que, de sa main droite, il faisait revivre le bois à force de délicatesse et de cire. Elle aimait qu'il portât tant de soin à ce qu'il faisait, non point par esprit de propriétaire, puisque cette armoire n'était pas à lui, mais par goût de la beauté. Sans qu'elle le sache, car elle n'était encore qu'une petite fille, ce fut un de leurs premiers liens que cet amour de la perfection.

De l'appartement encombré de bibelots et d'œuvres

d'art, Hubert parvenait à faire un désert ordonné comme un tombeau de marbre; il aimait que tout ait l'air impeccable et pétrifié. Parmi les innombrables objets entassés dans les armoires — vieilleries hétéroclites dont certaines avaient beaucoup de valeur, rangées dans des boîtes de laque ou de soie — se trouvait une pierre rose et veinée, d'un seul tenant, évoquant les neiges éternelles sur les hauteurs d'un pic lorsqu'elles s'embrasent soudain au coucher du soleil. Elle avait aperçu ce bloc de quartz un jour où Hubert avait profité d'un moment de répit pour examiner à loisir le contenu des écrins — elle était si jeune encore qu'il n'avait pas pris garde à la présence de Delphine. Ele avait déjà reçu l'année précédente, pour sa première communion, à dix ans, un présent superbe de la part d'un vieil oncle lointain et esthète: une petite coupe en agate. Mais cet objet, au lieu de la combler, avait éveillé en elle l'irrésistible désir d'en posséder d'autres. La transparence blanche, presque bleue, de l'agate, avait mis Delphine sur le chemin d'une autre transparence, celle du quartz, et, malgré son jeune âge, sa sensualité naissante avait déjà quelque chose de commun avec celle d'un collectionneur. Hubert avait dû, avec son goût du jeu toujours aiguisé, deviner chez elle cet étrange attrait car, prenant la pierre entre les doigts, il l'avait lentement approchée de la fenêtre et, entre les lourdes tentures de velours rouge, il l'avait fait scintiller au pâle soleil d'hiver.

Devant cette coulée rose et veinée comme une peau, Delphine se haussa sur la pointe des pieds; elle aurait voulu la boire, l'incorporer à sa propre chair, étrange convoitise dont, malgré son jeune âge, elle devinait la nature trouble et charnelle. Hubert la regardait contempler le quartz mais elle n'osa pas lui dire ce qu'elle ressentait, quoiqu'elle fût sûre d'être comprise par lui, d'autant qu'il prit un soin particulièrement scrupuleux à la faire disparaître aussitôt comme un prestidigitateur au fond de l'armoire, accumulant d'autres écrins sur celui de la pierre désirée, l'ensevelissant au point de la rendre inaccessible à jamais, sertie dans une irréalité somptueuse.

Il arrivait à Delphine de rêver à ce bloc de quartz qu'elle aurait voulu lécher et faire briller de salive — péché mortel peut-être, mais n'avait-elle pas appris dans une Vie de sainte Thérèse, imprudemment prêtée par sa grand-mère qui ne l'avait pas lue, combien même les saintes avaient leurs manies, une nonne allant jusqu'à se faire traîner en laisse par une novice afin de mieux goûter aux délices de l'humiliation? Peut-être le mystère de la pierre consentirait-il à se dissoudre si seulement elle pouvait en saisir l'essence avec les doigts ou la langue?

Pour une raison mystérieuse (d'habitude elle n'avait aucun secret pour le maître d'hôtel) elle préféra lui taire la passion que cet objet avait fait naître en elle, même s'ils étaient tout le temps ensemble, liés comme deux compères qui bavardent au bistrot, commentent les faits divers, ou encore comme deux complices légèrement coupables, qui se cachent des patrons que le maître d'hôtel appelait Monsieur le baron et Madame la baronne. Dès l'enfance, Delphine avait comparé l'activité méthodique et incessante d'Hubert avec l'air accablé dont « Madame la baronne » parlait de ses activités mondaines transformées en corvées méritoires : si tout cela ennuyait tant sa mère, songeait Delphine, pourquoi donc s'épuisait-elle à changer sans cesse de vêtements, sortir, rentrer, téléphoner, la laissant seule avec Hubert?

Les conversations de ses parents étonnaient l'adolescente — habituée à une relation tellement plus intense avec le maître d'hôtel friand de crimes et d'horreurs — par leur platitude : « Chéri, disait la baronne d'un air languissant — impossible tu le sais bien, de refuser aux Untel. Te rends-tu compte de quoi nous aurions l'air? — d'hypocrites, d'ingrats. Ah, cela va nous faire trois sorties de suite, j'y laisserai ma santé. » Pendant ce temps

Hubert, discret, actif et silencieux, entrait et sortait des pièces pour changer les plats, et Delphine, pressée d'en finir, rêvait à l'instant où son père serait occupé à lire ses journaux. A cette heure-là, après le café, la baronne s'étendait sur son canapé : son plaisir était d'appeler ses amies plus âgées, des amies qui avaient bien dix ans de plus qu'elle, pour leur raconter ses sorties, ses concerts, ses invitations, sachant parfaitement que l'une était clouée au lit par de l'arthrose ou l'autre menacée d'une crise cardiaque. Delphine pouvait alors disparaître et rejoindre Hubert à l'office.

C'était l'heure exquise où ils rêvaient ensemble d'autres vies possibles — où Hubert vaticinait tout haut devant Delphine, lui qui savait tout, lui qui connaissait par cœur non seulement les sanglants faits divers du journal du soir mais les titres et les fortunes, les alliances entre nouveaux riches et marquis, les noms des châteaux qui avaient tendance, soupirait-il, à changer si facilement de mains, les blasons à redorer, les fils en âge de songer à enterrer leur vie de garçon, et jusqu'aux prénoms des veufs fortunés. Il n'y avait pas un célibataire accessible appartenant au milieu qu'Hubert appelait le leur, dont il ne sache les tenants et les aboutissants.

Quand il lui racontait ces histoires, Delphine ouvrait de grands yeux comme devant la pierre veinée, éblouie par ce cliquetis de vies inconnues. Tout comme elle n'avait pas osé lui dire son attirance pour le quartz, elle préférait passer sous silence ce que tous ces récits avaient parfois d'obscur, de cruel, d'effrayant — le cynisme du maître d'hôtel ne lui fut sensible que peu à peu. Tandis qu'il lui détaillait les richesses du Bottin mondain et les splendeurs du Gotha, elle aussi rêvait, mais à voix basse. Ce qui la fascinait, c'était la différence, si difficile à cerner, entre le visage de son père (buriné, travaillé de rides, un visage d'homme habitué à donner des ordres, à vaincre le réel, à séduire des femmes) et celui d'Hubert dont la peau était lisse et indéfinissable comme celle d'une poupée dont on n'aurait su dire si elle était faite de porcelaine ou de cire.

Comment le visage d'Hubert, qui ne ménageait pourtant pas sa peine, demeurait-il aussi statique que celui d'un masque ? Il évoquait celui des marquis de théâtre, saupoudré de talc ; parfois Delphine était gênée : il lui semblait que son père aurait dû se trouver à la place du maître d'hôtel et que le véritable baron, hautain et préservé, était Hubert. Il avait même, devait-elle constater en grandissant, une aristocratique façon de se dérober devant toute question trop personnelle, son modèle étant le « gentleman anglais qui évite de se laisser aller ». Même ses traits possédaient ce flou qui tue dans l'œuf toute expression trop osée : impossible de dire si Hubert souriait, examinait, rêvait ailleurs, savourait une idée ou émettait un jugement puisqu'il arborait un air indéfinissable où tout cela semblait se mêler au même moment. Jamais Delphine ne savait où elle en était avec lui.

Mais la souffrance véritable naquit un jour où elle observa qu'il lui refusait son regard : elle ne réussissait plus à planter ses yeux dans les siens. Y avait-elle d'ailleurs jamais vraiment réussi ? Il est vrai que les prunelles du maître d'hôtel étaient décolorées au point de paraître inexistantes ; elle ne pouvait s'empêcher de les comparer à une flaque d'eau, à une mare où plongeraient des canards dont les becs avides devaient rester sur leur faim. Mais telle n'était pas l'unique ambiguïté qui commençait de la lier au maître d'hôtel. Bien plus grave que l'absence de regard ou de traits accusés fut la découverte qu'il savait merveilleusement mentir.

Il mentait souvent, dut-elle constater, et souvent, comme pour s'exercer, au sujet de petites choses. Plus exactement, il fabulait en donnant d'inutiles précisions : Delphine fut obligée de convenir que les petits détails qui l'avaient tellement enchantée étaient parfois inexacts (il

suffisait, quand Hubert n'était pas là, de vérifier le fait
divers en question dans le journal) — peu à peu, comme
une sainte gravit les degrés d'un calvaire, elle prit
l'habitude de ces douloureuses découvertes. Elle sut
reconnaître quand, mû par un attrait irrésistible, il « en
rajoutait », apprit à démêler le vrai du faux ; elle souffrait
pour lui quand il en faisait trop, mais ne disait rien : la
vérité pure lui importait moins, alors, que la présence
d'Hubert.

Elle ne devait jamais oublier le jour où elle surprit ce
qu'elle devait appeler par la suite un aspect de « son
autre vie ». C'était après le déjeuner, comme d'habitude,
si ce n'est qu'au moment privilégié qui succédait au café,
au lieu de s'asseoir à la table de cuisine où, les autres
jours, il savourait le sien, il avait dénoué les cordons de
son tablier d'un geste nerveux : « non, pas aujourd'hui,
pas de bavardages, pas le temps, j'ai une course pressée à
faire » — interloquée, Delphine n'avait rien répliqué,
outrée de ce qu'il appelât bavardages ce qui formait la
toile de fond de leur existence commune. D'ailleurs, ce
n'était pas l'heure de faire des courses ; l'épicerie du
quartier n'ouvrait que plus tard ; de quelle course s'agis-
sait-il ? Mais Hubert esquiva son regard et elle vit que
ses vieilles mains tremblaient en cherchant la clef. Elle
eut la certitude qu'il jouait la comédie et inventait
n'importe quoi pour la fuir. Il ne prenait même pas la
peine d'être plausible, tant il était pressé — très pressé,
en effet —, et elle le regarda se précipiter vers l'escalier
de service comme si le monde s'écroulait.
    Un brusque dégoût l'envahit devant la cuisine vide où
elle s'était sentie tellement en confiance jusqu'alors : être
trahie par Hubert lui parut pire que tout. La question ne
s'était jamais posée avec ses parents dont elle n'attendait
aucune confidence — mais Hubert était à la fois son père,
sa mère, ses grands-parents inconnus, son grand frère et

sa nounou — tout ce qu'elle n'avait pas eu — et elle se mit à pleurer pour oublier l'Eden perdu de l'office. Elle se replia dans le salon lui aussi désert, collant son visage à la haute et fraîche fenêtre qui donnait sur l'hôtel particulier d'en face. C'était une maison magnifique, avec un grand jardin ; les arbres étaient encore dépourvus de bourgeons et leurs troncs, d'un noir presque bleu, découpaient l'espace entre les rideaux cramoisis.

A regarder l'ordonnance de cette belle architecture, les branches nues où voletaient quelques rares oiseaux, Delphine avait éprouvé une sorte d'apaisement : tout n'était pas que fuite, absence de sécurité et abandon. Mais voilà que deux silhouettes venaient à leur tour se plaquer contre la vitre de l'hôtel particulier : tout d'abord celle d'un jeune garçon avec une chevelure abondante et blonde, portant un tablier noué comme celui d'Hubert, puis, à son côté, celle d'un homme aux cheveux blancs en qui elle fut stupéfaite de reconnaître le maître d'hôtel. L'espace d'une seconde, ces trois êtres se dévisagèrent et la petite fille sentit vaguement la gravité de cet échange : le mensonge d'Hubert devait receler du mystère tout comme une étendue inquiétante de millepertuis enchevêtrés peut dissimuler le cheminement d'une couleuvre. C'est une de ces couleuvres qu'elle voyait à présent, se dit-elle, tandis qu'elle s'écartait vivement des rideaux — une de ces couleuvres semblable à ce serpent dont elle avait une fois, au cours de l'enfance, vu se dresser la tête au fond d'un puits.

Elle réfléchit, reprit son souffle, constata l'injustice : ce n'est pas le menteur qui souffre mais celui à qui le mensonge est fait. Désormais elle serait une couleuvre, tête dressée : saisie du désir avide de s'immiscer dans sa cervelle, elle espionnerait le maître d'hôtel et développerait ses facultés d'observation. D'ailleurs, depuis qu'il s'était vu surpris, Hubert avait changé d'attitude à son égard. Ce devait être l'époque où il choisit de l'appeler « Mademoiselle ». Leurs intarissables conversations se mirent à dégénérer en questionnaires ironiques. «Et qu'y a-t-il donc encore pour le service de Mademoiselle?» demandait à présent Hubert d'un air suave qui, elle le sentait bien malgré son jeune âge, la ravalait au rang de petite sotte préservée.

Vers la puberté, elle acquit plus de défenses. Elle persiflait la première: «Et comment va la santé de monsieur Hubert, ce matin?» car elle avait remarqué, vers cette époque, qu'il avalait des médicaments à la dérobée. Il les avait un jour oubliés à la portée de son regard et elle s'en était emparée tandis qu'il astiquait au salon, pour voir de quelle maladie il souffrait. Il avait donc des malaises cardiaques dont il ne lui avait jamais rien dit? Non seulement il lui cachait où il allait, mais aussi ce qui concernait sa vie et sa mort?

Le surveiller devint son principal souci. Elle grandissait, il vieillissait; la cruauté se glissa entre eux comme cette couleuvre à laquelle Delphine avait déjà songé. Elle faisait à présent «oui, oui», d'un air excédé, quand il lui récitait sa litanie de châteaux et de revenus qui ne la préoccupaient nullement, car la seule idée d'être l'esclave de telles chaînes sociales la rendait littéralement malade. Leur conversation finit par se résumer à cela: alliances, fortunes et noms; fini les faits divers, les détails croustillants, les histoires de tares, de meurtres ou de fantômes familiaux. Tout était explicite, décharné, tendu vers un seul but: la fortune. On eût dit qu'Hubert voulait se débarrasser d'elle à tout prix, vite mais bien. Peut-être même était-ce le maître d'hôtel qui avait suggéré à la baronne l'idée de ces assommants petits goûters du samedi où venaient maintenant nombre de jeunes gens boutonneux, les fils des amis de la famille, flanqués de leur sœur. Hubert promenait alors d'un air pompeux des jus d'orange et une bouteille de whisky, posés sur un plateau d'argent, mais l'idée de s'intéresser à un de ces jeunes mâles fantoches était loin de venir à Delphine; en revanche, son attention fut requise par les préférences d'Hubert.

Celles-ci étaient étrangement contradictoires. Elle avait remarqué que, si un de ces jeunes garçons plaisait à Hubert (ce qui se discernait à la façon dont, en tendant le plateau, il baissait la tête vers le jeune invité, son vieux menton frôlant presque — du moins dans l'imagination de Delphine — le veston du jeune homme), ce n'était jamais de lui que l'on discutait ensuite à l'office. Dans les propos rapides qu'ils échangeaient après ces réunions, le jeune préféré était étrangement escamoté, traité par Hubert comme s'il n'avait jamais été là. Le maître d'hôtel affectait d'ailleurs une mine vertueuse et sévère: c'était toujours un jeune homme sérieux et laid dont il choisissait de vanter les mérites et les « espérances ».

Les invités de Delphine avaient tout d'abord été stupéfaits par l'apparition d'Hubert; ils avaient déguisé leur gêne en un sourire à la vue du noble vieillard dont il avait l'air à présent, même s'il portait en lui quelque chose de faux, de truqué, mais ils savaient tous que la baronne était une originale qui se plaisait à ressusciter des temps archaïques et révolus, et bientôt ils ne firent pas plus attention à lui que s'il était un mannequin en habit, debout et pétrifié,. dans l'angle d'un grand magasin. Mais pour Delphine, chez qui le monde s'était inversé, c'était le contraire; ces jeunes gens, dont elle apprendrait à l'office par Hubert tout ce que l'on peut savoir, n'avaient pour elle aucune consistance, tant ils paraissaient fagotés et fades, assis là, des ronds lumineux et blancs leur tenant lieu de têtes. Et puis, ils avaient une façon de la dégoûter de ce qu'elle aimait! Ainsi, malgré l'ennui profond de ses manuels scolaires, elle avait été sollicitée par l'étude de certains écrivains, de certains musiciens, mais la façon dont ces jeunes gens discutaient l'avait absolument hérissée. On eût dit, à les entendre, que le créateur n'existait plus qu'à travers le jugement qu'ils en formulaient — comme si Baudelaire ou Mozart avaient besoin de semblables gloses...

Ces goûters qui se prolongeaient le soir et dont Delphine savait bien qu'ils étaient destinés à lui trouver un mari, lui intimèrent d'observer une prudence absolue. Hubert, lui, ne se lançait jamais dans cet inutile brassage d'idées et se contentait, comme elle, de notations sarcastiques et précises. De plus en plus morose, il se réfugiait dans des définitions percutantes qui semblaient vouloir occuper le moins d'espace mental possible — l'espace mental, c'était ce qu'il fallait savoir à tout prix préserver, pour peu que l'on ait le sens du mystère.

Le sens du mystère, voilà autour de quoi ils se disputaient à présent, Hubert et elle, comme deux chiens autour d'un os. Elle prit un malin plaisir à vanter au maître d'hôtel celui de ces invités qui lui semblait le plus beau même s'il était sot. Mais Hubert vieillissait, il réagissait mal, elle le décevait car à vrai dire elle ne plaisait pas plus à ces jeunes invités qu'ils ne lui plaisaient. Il en devenait hagard, inquiet — qu'allait-elle encore inventer? Quel beau dadais allait-elle ramener à la maison qui ferait leur désespoir à tous? Elle n'aimait pas la moue de vieille coquette qu'il faisait en prononçant ces mots « beau dadais ». D'ailleurs, il avait vraiment l'air malade. Un jour il s'absenta pendant toute une semaine, après tant d'années, sans même prévenir. Les parents de Delphine étaient en voyage. Abandonnée à elle-même et au caquetage de ses amis de classe, elle fut, pour la première fois, confrontée à ce phénomène insupportable : l'absence d'Hubert. Sans lui, rien n'avait de sens. Comme dans un véritable amour, elle oublia en un clin d'œil cette détestable habitude qu'ils avaient prise de jouer au chat et à la souris. Elle ne savait même pas où le relancer, elle ignorait alors son adresse et jamais il ne l'avait invitée chez lui ; elle ne pouvait donc rien imaginer, ni s'il avait trois petites pièces seulement, s'il possédait quelques bibelots (mystérieusement, l'écrin où se trouvait le quartz rose avait disparu, elle n'avait jamais osé demander à Hubert ce qu'il était devenu parce qu'il l'avait un jour surprise en train de fouiller le meuble à sa recherche). Plus elle était hantée par l'appartement d'Hubert, plus elle aurait voulu y pénétrer pour y surprendre ce qu'il avait choisi d'y mettre. Elle-même se sentit expulsée, sans domicile, exilée : où donc vivait-elle, projetée comme elle l'était dans la mystérieuse demeure du maître d'hôtel ? Elle n'existait plus nulle part : ni au lycée où elle se contentait de finir sa terminale, machinalement, en élève convenable, ni chez elle, auprès de ses parents, qui la jugeaient d'après sa mine ou sa mise — nulle part au fond, sauf dans certains romans où elle s'était plongée et perdue, et dans ces faits divers qu'Hubert ne lui racontait plus : comme elle avait adoré l'air d'innocence que prenait sa vieille chair rose quand il lui racontait un crime particulièrement crapuleux !

Maintenant, à travers cette fugue d'Hubert, elle apprenait toutes les subtilités, les faiblesses, les nostalgies et les endurances de l'amour. Il était le seul à tout savoir de ses parents puisqu'il était entré dans la famille dix ans avant la naissance de Delphine ; il savait même ce qu'elle leur cachait : ses menus besoins d'argent, ces petites sommes qu'il prétendait « faire passer » dans les notes de cuisine, si bien qu'elle avait parfois éprouvé la perverse volupté de spolier ses parents avec lui et qu'ils étaient allés jusqu'à calculer combien ils pouvaient se permettre de voler. Souvent aussi, après les repas, ils avaient trinqué ensemble, vidant les verres de vin des invités. Hubert lui racontait alors de plaisantes anecdotes sur les extras qu'il avait connus dans les « bonnes maisons », comment par exemple de jeunes gars bien stylés se faisaient de l'argent en remettant le vin dans des bouteilles trafiquées par la suite : à quel gâchis n'avait-il pas assisté !

Parfois le jugement de Delphine penchait du côté du maître d'hôtel, parfois du côté de ses parents ; à vrai dire, les petites anecdotes d'Hubert l'éloignaient plus sûrement du « milieu » auquel ils la destinaient que n'importe quelle déception sentimentale. La déception sentimentale, c'était avec Hubert qu'elle en faisait l'expérience. A sa complicité, par laquelle elle s'était compromise, au silence pudique qu'elle avait gardé sur la disparition de la pierre de quartz rose et sur sa visite en face, à la richesse inouïe qu'elle avait déployée pour lui en son cœur, il n'avait répondu que par la plus noire des avarices, ne livrant rien de sa propre vie.

Aussi, quand il revint, considérablement amaigri, elle le bouda quelques jours et ne put s'empêcher de lui cacher combien sa santé lui importait moins que le lieu où il habitait. Eût-elle été versée dans les choses du cœur, elle eût deviné avoir franchi une étape : celle qui sépare l'amour de la curiosité. Elle avait appris son adresse, profitant d'un moment où son père était obligé de remplir des feuilles de Sécurité sociale, pour se renseigner : elle apprit ainsi qu'Hubert était toujours resté célibataire, qu'il lui avait menti sur son âge, se rajeunissant de dix ans, et qu'il logeait à Ménilmontant. Forte de ces informations, elle avait essayé de l'asticoter, de le faire parler sur la longueur du trajet qu'il devait accomplir en métro ou en bus pour venir chez eux. Le maître d'hôtel alla jusqu'à lui confier que c'était tout petit chez lui — « indigne de Mademoiselle » — mais ce fut tout, car il avait une façon singulière de refermer sa bouche en cul de poule, avec un petit bruit de succion, qui signifiait le refus absolu.

La disproportion dans la connaissance qu'ils avaient l'un de l'autre engendra chez Delphine un début de ressentiment. Si, jusqu'alors, elle s'était contentée de l'épier et de rester sur ses gardes, guettant et interprétant ses moindres gestes, une prudence plus grande encore lui suggéra de camoufler ce qu'elle avait réussi à glaner. Il ne fallait surtout pas qu'il se méfiât à son tour. Elle devait au contraire lui inspirer confiance si elle voulait être sûre d'en apprendre davantage. C'est ainsi qu'un jour le maître d'hôtel, assoupi dans une trêve qui semblait établie, se trahit, avouant qu'il songeait depuis toujours à écrire une pièce de théâtre. Cette pièce avait été autrefois refusée, mais il lui avait apporté des remaniements et il serait curieux de connaître « l'opinion de Mademoiselle ».

Delphine fut suffoquée de découvrir ce jour-là qu'Hubert avait été le maquilleur d'une troupe de théâtre. Quelque chose dans sa voix qu'il avait réussi à dissimuler jusque-là (ou bien était-ce la façon qu'il avait eue pendant ce récit de tortiller son tablier comme un voile de mariée ?) affleura dans le présent comme s'il était contaminé par un passé lourd de réminiscences, et Delphine eut brusquement la révélation des mœurs du maître d'hôtel.

Le peu d'intimité qui restait entre eux s'effrita : il avait menti sur les lieux, les dates, la vie et la mort ; il avait même masqué ses préférences sexuelles. A vrai dire, elle avait été naïve, refusant de s'interroger sur la vie intime d'Hubert. Mais elle dissimula l'effroi qu'elle ressentait : quels critères avaient donc présidé au choix qu'il faisait de ses prétendants, et pourquoi lui destinait-il toujours ceux qui semblaient les plus falots, les moins séduisants ? Que voulait-*il* pour *elle* ? Ou plutôt que voulait-il qu'elle n'ait *pas* ? Peut-être la lecture de sa pièce de théâtre lui dévoilerait-elle ce qu'elle ignorait encore ? Elle courut chercher son manuscrit et le posa sur sa table de nuit sans oser l'ouvrir tout de suite ; elle voulait se donner encore un peu de temps. Ce fut une raison de plus pour dédaigner les jeunes gens arrivistes du jeudi ou du samedi soir, avec leurs visages à la fois poupins et vieillots, si peu dotés de la réserve dans laquelle baignaient les traits flous et conservés d'Hubert. Tout ce qu'il montrait — elle l'avait bien compris : son tablier, son plumeau, son gilet à raies, ses chaussures noires vernies, ses gants blancs réservés aux grandes occasions, sa veste immaculée empesée pour les dîners, son nœud papillon — n'existait que pour éclipser autre chose. C'est tendue vers cette autre chose que Delphine perdit son innocence, plus douloureusement, plus totalement qu'à se laisser caresser en taxi.

II

Elle s'était, toute la nuit, plongée dans l'œuvre d'Hubert. Elle avait été stupéfaite, tout d'abord, à l'idée qu'il ait songé à la faire représenter. Il s'agissait d'un aveugle qui s'était marié à travers une petite annonce. Sa femme, Cyprienne, qui, au début, l'avait aimé pour ce regard mystérieux tourné vers un monde intérieur, grâce auquel elle avait été son unique truchement vers la vie, s'était mise à le haïr parce qu'il ne pouvait pas voir toutes ses perfections. Qu'importaient — se plaignait-elle amèrement dans les dialogues imaginés par Hubert — son teint pur, ses toilettes, si elle était ou non fardée, si elle s'habillait de rouge ou de bleu — elle aurait tout aussi bien pu être un monstre. « Ah quel gâchis ! quel gâchis ! » ne cessait-elle de soupirer, plaintes dans lesquelles Delphine reconnut les récriminations d'Hubert quand les invités avaient laissé du vin au fond de leur verre.

Qu'importe, continuait la litanie douloureuse, si le lit était fait ou défait, la cuisine en désordre ou rangée, puisque l'époux aveugle ne voyait rien ! Puisqu'il était là, toute la journée, assis comme un pauvre écroulé le long de la route, à tresser de petites corbeilles en vannerie que quelques riches désœuvrés finiraient par lui acheter, pris de pitié ; mais elle, que venait-elle faire là-dedans, surtout que, non content de ne rien voir, il avait mille exigences, toutes ses autres facultés aiguisées ; il ne supportait pas les odeurs trop fortes de certains légumes ou de certaines fleurs et un sixième sens l'avertissait dès qu'elle avait quitté la pièce.

Cyprienne n'aimait que les parfums capiteux et voilà qu'à cause de l'aveugle, elle devait se résigner à une vie édulcorée, aseptisée, sans odeur comme le regard de l'époux à jamais éteint. Ce personnage de Cyprienne qu'Hubert décrivait violente et sensuelle, avait beaucoup de points communs avec celui de la baronne, et Delphine

fut choquée de voir que l'œil du maître d'hôtel s'était
posé sur la personne de sa mère avec la liberté sournoise
et destructrice de l'écrivain.

D'ailleurs, la baronne devait autrefois ressembler à la
jeune Cyprienne, avant que Delphine fût née : capricieuse,
agitée, ne manquant de rien (Hubert avait pris grand
soin, par de petites notes scéniques précises, d'indiquer
qu'il s'agissait là d'un couple ayant de solides moyens
financiers). Le maître d'hôtel n'avait pas hésité à décrire
les traits de Cyprienne évoquant ceux d'une Junon et
donc le visage de la baronne, ainsi que la tranquille
beauté, sévère et classique, de l'aveugle. Celui-ci avait un
tic du baron ; c'était un homme qui, mentalement, ne
voulait voir que ce qui paraissait aux yeux de tous dans
la sacro-sainte gazette du jour — les raisons psychologi-
ques, les dessous, les mobiles secrets n'étaient pas de son
ressort. L'aveugle, comme le baron, n'était conscient que
de son petit train-train quotidien, si bien que le monologue vengeur de l'actrice montait dans un crescendo
presque hystérique de frustrations haineusement rete-
nues.

La deuxième scène débutait par un coup de théâtre : le
spectateur découvrait que Cyprienne avait une jumelle.
Hubert avait longuement hésité : il aurait bien voulu que
les deux sœurs fussent incarnées par la même artiste,
mais, finalement, il avait trouvé plus comique l'idée de
mettre en scène deux femmes qui se ressemblaient
comme des siamoises ; cette idée lui était venue après
avoir vu un documentaire sur un congrès de jumeaux. La
seule différence entre les deux femmes était que l'une
avait la sécurité du mariage, tandis que l'autre, restée
célibataire, avec tous « les partis qu'elle avait eu la
sottise de refuser » (encore une expression favorite d'Hubert), était menacée par la déchéance de la pauvreté.
Hubert donnait ces explications à Delphine dans la
cuisine où elle avait eu le tort d'apporter le manuscrit,
avec l'espoir de discuter avec lui — mais à présent elle

regrettait de ne pas le lire seule, car l'haleine du maître d'hôtel trahissait sûrement une grave maladie d'estomac et elle ne pouvait souffrir de le sentir souffler dans son cou, là où la peau n'était pas sauvegardée par un chignon virginal (« La nuque, Mademoiselle, les hommes adorent ça, la nuque »).

Les jumelles se trouvaient donc présentes au deuxième acte ; Cyprienne en profitait, au cours d'une violente diatribe (Hubert, toujours posté derrière Delphine, ne put résister à lire tout haut ce morceau de bravoure), pour humilier sa sœur Loyse, moins belle et moins hautaine — « Voyons, ma sœur, vous ne savez pas manœuvrer, minaudait-il, vous n'avez *jamais* compris comment grimper à l'échelle sociale. » Suivait une longue variation sur le mot *jamais*, débitée de la même voix neutre et chantante dont le maître d'hôtel avait l'habitude de lire les noms des châteaux.

A la fin de cette scène, dont on devait comprendre qu'elle se répétait sans cesse, presque tous les jours, l'auditeur devinait que Loyse avait renoncé à tout pour la bonne raison qu'elle vouait un amour passionné à l'aveugle que Cyprienne lui avait pris. Mais la soif de Loyse devenait toujours plus ardente. A la liste des sèches récriminations de Cyprienne dénombrant tous les avantages que sa sœur avait dédaignés, Loyse, la jumelle consumée d'amour, répondait par un discours baroque dans lequel Hubert s'était complu à toute l'emphase inséparable des amours impossibles. Delphine était sidérée de lire ce poème presque mystique où le maître d'hôtel avait introduit quelques-unes des expressions les plus troublantes volées à des livres d'une bondieuserie perverse appartenant à la baronne, véritables gémissements de saintes visitées par le dard de leur Dieu.

Elle s'éloigna légèrement d'Hubert dont elle sentait l'agitation réveillée par ses propres proses, et alla s'asseoir sur la chaise de bois blanc près du frigidaire.

Redevenu impassible, Hubert se mit en devoir d'astiquer soigneusement l'argenterie. C'était la fin de l'automne — comme cette année où Delphine l'avait surpris dans la maison d'en face ; la vaste cuisine et l'office donnaient sur une cour avec un seul arbre sur lequel tous les oiseaux du quartier, nourris par la concierge, s'étaient donné rendez-vous. L'amour rôdait partout, dans le discours échevelé de Loyse, dans ces pépiements frénétiques, dans la Nature gracile et l'attente du printemps, mais Delphine continuait toujours d'être enfermée entre quatre murs avec ce vieux maître d'hôtel. Comme pour renier avoir jamais écrit une seule ligne de sa vie, il frottait consciencieusement les cuillers d'argent, et dans ce métal qui devenait froid et brillant tel un soleil d'hiver, Delphine vit se refléter le jour qui n'en finissait pas de mourir.

Elle en était maintenant au troisième acte. Hubert avait tout prévu : les deux jumelles devaient porter exactement la même toilette, contrairement au début de la pièce, si bien que le spectateur serait incapable de distinguer Cyprienne de Loyse autrement qu'au son de leur voix — du moins quand la volonté du metteur en scène deviendrait telle.

Il s'agissait de berner l'aveugle comme dans ces petites saynètes rocambolesque dont Hubert avait dû prendre le goût à lire certains épisodes comiques de Casanova par exemple. *Quiproquo* était le titre qu'il avait donné à sa pièce. Lasse de son époux, Cyprienne détaillait sa vie conjugale à Loyse l'assoiffée. Le jour, l'aveugle ne cessait de tresser ses petites corbeilles mais la nuit, Cyprienne laissait entrevoir une vie tout autre, et le public devait frémir avec une Loyse enflammée par cette obscurité pleine de mystère — eh bien, justement, la nuit, puisque sa sœur aimait tant cet homme que Cyprienne connaissait par cœur, elle n'avait qu'à la remplacer ; Cyprienne le lui donnait bien volontiers, cet aveugle, à condition qu'elle soit assez intelligente pour se montrer digne de la substitution et ne jamais rien révéler; sinon elle serait connue dans tout le quartier comme une mauvaise fille profitant de l'infirmité d'un malheureux pour saper un ménage exemplaire. En serait-elle capable? Ha, ha! Cyprienne riait d'un rire diabolique, tandis qu'Hubert finissait de ranger méthodiquement l'argenterie dans le tiroir gainé de velours et que Delphine se perdait dans ses propres rêves.

Où donc Hubert avait-il voulu en venir avec sa pièce de théâtre? Comment pouvait-il croire qu'il était possible de confondre un corps avec un autre? Et vers qui volait Cyprienne en ces nuits où elle avait destiné Loyse à l'aveugle — vers quel amant capable de la voir se hâtait-elle dans les rues, vêtue de cette toilette minutieusement décrite par Hubert et que Delphine avait vue plusieurs fois sur le dos de sa mère? Le soir était tombé, Hubert avait tiré les rideaux et allumé le plafonnier: « Eh bien, Mademoiselle ne dit rien? » demanda-t-il d'un air narquois, tandis que Delphine confondait tout le monde: Hubert, l'aveugle, la baronne et Cyprienne. Devant l'insistance du maître d'hôtel, elle dut reprendre sa lecture. Elle était secrètement déçue par le troisième acte. Tout se passait selon les machinations de Cyprienne; Hubert avait imaginé ce qu'il appelait une « trouvaille moderne » — un écran de cinéma était prévu pour remplacer la scène; on devait voir l'aveugle au lit avec Loyse — mais devant cette situation vieille et banale comme le monde, Delphine referma le cahier d'un geste sec. Bien sûr, il ne lui avait fait lire ces élucubrations que pour l'humilier et lui prouver qu'un corps en vaut bien un autre; l'aveugle faisait son affaire de Loyse comme de Cyprienne, satisfait du plaisir anonyme qu'il prenait en sa nuit. Delphine se sentit irritée — cette histoire ne tenait pas debout, Hubert avait escamoté l'essentiel: les différentes manières d'aimer, l'odeur d'un corps, le désir de l'autre, celui de la sœur vraiment amoureuse, humiliée de n'être qu'un double au cours d'une vulgaire substitution. Et comme Hubert restait, malgré tout, puritain et prude, ce qui devait se contempler sur l'écran serait partiel, fragmentaire ; on ne devrait voir que des mains, ou des jambes — les corps des deux femmes étant si semblables qu'il devenait impossible de les distinguer.

Tout aurait dû trahir Loyse : le frisson nouveau de sa peau sous les doigts de l'aveugle, la douce transpiration de la femme désireuse de se révéler, mais obligée de n'en rien faire si elle voulait pouvoir retrouver son amant — mais Hubert avait totalement manqué d'imagination. Il aurait fallu inventer, par exemple, que les amoureux fussent capables d'intriguer contre la baronne — enfin, contre Cyprienne — et fébrilement Delphine se mit à raconter au maître d'hôtel comment il aurait dû faire évoluer la pièce. Il avait traité l'aveugle en aveugle, voilà l'erreur, pour la bonne raison qu'il avait voulu, dès l'abord, démontrer cette mensongère vérité que seul comptait le plaisir. Il avait voulu rabaisser la volupté à un déclic machinal — elle s'emportait, furieuse que le corps féminin fût ravalé au rôle de poupée gonflable, tandis qu'Hubert s'énervait — « Ah oui, vraiment (un visage osseux et chaviré se dessinait sous le masque de poudre) et pour qui se prend Mademoiselle — pour un esprit critique, peut-être ? pour la Seule, l'Unique, le Juge — simplement parce qu'elle est encore jeune et pleine de santé ? Qu'en savez-vous, des amours des femmes et des hommes, des hommes surtout !... » et il se mit à rire d'un air sournois, comme Cyprienne était censée le faire au deuxième acte, alors que Delphine était toute à l'épouvante que ses parents puissent rentrer à l'avance pour dîner, mettant un terme à cette scène révélatrice et au désir de voir Hubert se dévoiler tel qu'il était vraiment — car il parlait à présent d'une voix haut perchée comme celle de la baronne, et elle se sentait de plus en plus proche de Loyse, l'amoureuse sans amour, mais rayonnante d'une passion qui aurait pu bercer l'aveugle dans ses bras, loin des ténèbres où la cruauté de sa femme le tenait enfermé.

D'ailleurs, continuait Hubert, avec une nervosité accrue, il était infiniment plus excitant de désirer que d'être désiré ; l'aveugle n'avait nul besoin d'être aimé par une chienne — tel fut le terme qu'il se permit d'employer — il n'avait besoin que d'une seule chose, c'était de son propre désir. Tout à coup, les hauts talons de la baronne résonnèrent dans le couloir de l'office, ils claquaient sec tant elle était furieuse de devoir s'aventurer jusque-là pour récupérer sa fille. Elle jeta vers Delphine un regard furtif et hargneux : elle avait horreur de ces relations familières avec le maître d'hôtel et lui avait souvent reproché son besoin de se « déclasser ».

Elle était loin d'imaginer combien Delphine venait de comprendre la haine qu'Hubert leur portait à toutes deux — à elles toutes, les femmes. Elle avait parfaitement saisi la répugnance qu'Hubert avait exprimée pour le corps féminin à travers l'humiliation de Loyse ; où résidait son désir, elle le savait déjà mais elle avait comme effacé l'importance de sa découverte : que chacun mène sa vie à sa guise, avait-elle songé, ne pouvant guère reprocher à Hubert de ne pas éprouver de la concupiscence pour un être de l'autre sexe, puisqu'elle-même ne se souciait encore d'aucun garçon.

Mais c'était une dimension totalement nouvelle dans leur relation que ce besoin chez Hubert de faire honte à Delphine d'avoir un corps de femme. Ce dont il avait sans doute peur, à présent, c'était de la séduction qu'elle pouvait exercer. Tant qu'il présidait aux cérémonies du jeudi ou du samedi, il lui semblait encore diriger les opérations, mais ce qu'il ne supportait plus, c'est qu'elle s'était mise à choisir toute seule les garçons avec qui elle sortait. Hubert le savait très bien ; ils sonnaient à la porte dès que la baronne avait le dos tourné. De toute façon, celle-ci avait accordé à sa fille la permission de minuit dès avant le baccalauréat, elle-même étant tout le temps sortie; ce qui se passait avant minuit lui importait peu, pourvu que Delphine eût l'air d'une oie blanche et fût au lit à l'heure dite. Delphine l'avait entendue s'expliquer là-dessus avec son père: en cette époque de relâchement des mœurs, la réputation d'une jeune fille comptait plus que jamais; c'était même une manière de décrocher un parti inespéré que cette « gaucherie » de la petite. Quant aux capacités intellectuelles de sa fille, la baronne s'en moquait éperdument; une femme intelligente fait peur, mais ce n'était guère le danger qui les menaçait, tant Delphine était paresseuse.

Ce jour-là, écoutant aux portes, Delphine eut la confirmation que sa mère ne l'aimait pas plus que ne l'avait aimée le maître d'hôtel. Ce qui les fascinait pareillement, la baronne et Hubert, c'était celui qui allait venir, l'homme qu'elle épouserait, et d'ailleurs n'avaient-ils pas les mêmes visées pour leur proie?

Une aversion maladive commença d'envahir Delphine à l'idée du mariage auquel on voulait à tout prix la forcer. Elle savait bien qu'elle ne pourrait plaire à un homme qu'en le trompant totalement sur ce qu'elle était — en se fardant pour ainsi dire l'esprit de tons pastel, tout comme Hubert se poudrait et comme la baronne se mettait du rouge à lèvres. Sa haine des jeunes gens avait augmenté depuis qu'elle avait mieux perçu la raison du comportement d'Hubert, et la lecture de *Quiproquo* à l'office ne fit qu'envenimer les choses.

Elle se demandait pourquoi sa mère l'avait conçue, pourquoi Hubert, quand elle était petite, lui avait raconté tant de merveilleuses histoires, si c'était pour ensuite vouloir se débarrasser d'elle en la donnant à un homme que ni l'un ni l'autre ne connaissait. Au fond, il y avait entre sa mère et le maître d'hôtel une complicité bien plus grande que celle qui l'unissait elle-même à Hubert.

Elle s'était totalement leurrée alors qu'on se jouait d'elle : nul doute qu'ils avaient longuement discuté son cas pendant qu'elle était forcée d'aller au lycée, et elle se demandait à présent si la baronne ne tirait pas les ficelles de sa vie comme Cyprienne celles des personnages de *Quiproquo*.

Aussi décida-t-elle de réécrire cette histoire à sa façon ; elle éprouvait une joie mauvaise à l'idée de voler son sujet au maître d'hôtel. L'histoire se déroulait dans sa tête avec une facilité stupéfiante qui augmenta son ennui pour la banalité de ses études. Elle distinguait mieux, tout en écrivant, combien Hubert l'avait bernée, lui cachant son enfance, son passé d'acteur, sa prétention d'écrire, ses mœurs amoureuses. Elle avait maintenant, elle aussi, une double vie (car tout le monde ignorait qu'elle écrivait fiévreusement la nuit), ce qui lui permettait d'affronter Hubert le visage lisse et le regard clair. A menteur, menteur et demi ! Elle ne lui montrerait ce qu'elle savait écrire que lorsqu'elle aurait fini. En attendant, elle lui devait une fière chandelle. Sa vie avait enfin un sens qui était d'exprimer l'intensité d'un désir unique, car, dans sa version à elle, l'aveugle découvrait ce qu'il avait toujours rêvé à travers la passion fidèle de Loyse. Cyprienne était confondue, oubliée, abandonnée, elle qui avait voulu tromper son époux ; tout le texte tendait maintenant à prouver que si l'enveloppe charnelle n'est rien, le souffle qui l'anime est tout — que l'âme a une façon silencieuse d'imploser à travers sa prison corporelle et, pour finir, au lieu de stagner dans une patience conjugale résignée, l'aveugle devenait un visionnaire au sein même de sa nuit.

III

Toute fadeur avait enfin disparu. *Quiproquo* était un monstre marin qui absorbait les événements sans rien perdre, comme la Baleine avait thésaurisé Jonas — un monstre qui se nourrissait de tout ce qu'elle pensait ou voyait, de tout ce qu'elle observait dans la rue, l'autobus, le métro ; de propos entendus dans les cafés qu'elle mettrait ensuite dans la bouche de Cyprienne, de l'aveugle, de Loyse et d'Hubert. Plus rien n'était inutile, même pas les jeunes hommes qui venaient goûter ou dîner, car ou bien ils diraient de superbes sottises, ce qui lui fournirait des répliques (au contraire d'Hubert, Delphine était plutôt douée pour le monologue intérieur), ou bien leur physique anonyme enrichirait la grande tirade passionnée de Loyse — tirade destinée à montrer l'horreur des corps interchangeables, puisque rien, pas même des années de chasteté, n'avait pu lui faire oublier son amour pour l'aveugle.

Oui, c'était là une excellente idée, ce renversement de la situation, car les jeunes gens fréquentés ou imaginés par Delphine se ressemblaient étrangement par la voix, le comportement, le bavardage et l'ambition. Ignace de Marelles pouvait aussi bien se nommer Basile de Radencourt et Basile de Radencourt se nommer Ignace de Marelles. Plus elle écrivait, plus il lui semblait que sa vie prenait le même pli que celle d'Hubert, qui s'était gavé des existences d'autrui, tendant l'oreille pendant les repas : voilà quarante ans qu'il ne faisait rien d'autre que d'écouter les propos des convives, vider leurs verres, observer leurs toilettes, la dégradation de leurs corps et la déchéance de leurs fortunes, le passage des biens en d'autres mains — quarante ans qu'il ramassait avec sa pelle d'argent les miettes tombées sur la nappe des tables.

Elle était en proie à une vive inspiration, travaillant au

monologue où Cyprienne s'imagine humilier Loyse mais dévoile malgré elle sa misère intime et morale, car qui désire humilier l'a toujours été le premier, et le discours cruel de l'épouse ne réussissait qu'à faire ressortir les affinités entre la célibataire et l'infirme, ces deux exclus de la vie. On devinait que leur réunion finale serait une apothéose voluptueuse, superbement érotique, où les mots remplaceraient avantageusement les images cinématographiques, évidentes et médiocres, souhaitées par Hubert.

Elle progressait avec bonheur dans son travail quand survint un épisode déplaisant : le baron s'était brusquement résolu à faire l'inventaire de ses biens ; au cours de ces rangements, il s'aperçut que trois écrins avaient disparu, contenant la pierre de quartz rose qui avait tellement suscité la convoitise de Delphine, une assiette en agate de grande valeur et un bol chinois de cette couleur violette dite « aubergine ». A y repenser, il semblait au baron qu'il n'avait pas vu ces boîtes ornées de brocart depuis fort longtemps. Une scène pénible s'ensuivit, Hubert affirmant d'une voix neutre qu'il avait surpris un soir le quartz rose aux mains de mademoiselle Delphine. Celle-ci comprit tout de suite qu'il la chargeait pour se disculper, qu'elle était prise au piège ; dirait-elle un mot qu'il dénoncerait les sommes qu'ils avaient subtilisées, dans leur furtive connivence, au budget du marché. Elle se tut, figée d'horreur à l'idée d'être accusée par Hubert : devant l'insistance muette et pleine de reproches dans laquelle persistait le maître d'hôtel, le baron le renvoya de la pièce. Mais ensuite, Delphine eut beau nier, quelque chose continua de flotter dans l'air (et pour cause, Hubert ne l'avait-il pas surprise à fourrager dans l'armoire) — une sorte d'aura maléfique, et elle devina qu'elle ne pourrait jamais, surtout après avoir conservé un silence des plus louches, se laver du soupçon qui planait.

L'idée que Delphine ait été tentée de voler pour

posséder la beauté paraissait invraisemblable à ses parents qui la croyaient trop sotte pour aimer les objets. Sans doute les avait-elle vendus pour s'acheter des parfums, s'offrir des extravagances cachées ; aussi les insinuations d'Hubert bouleversèrent le couple comme si elles avaient l'éclat d'une vérité scandaleuse ; plus Delphine tenta de se disculper, plus ses dénégations sonnèrent faux. D'ailleurs, n'avait-elle pas été à deux doigts de voler ce quartz, ce que savait parfaitement le maître d'hôtel. La connaissance de cette virtualité, partagée avec Hubert, lui mettait le rouge de la culpabilité au front, ce qui acheva de la confondre.

La vérité fut escamotée du fait que la baronne avait horreur des complications : il lui faudrait choisir entre s'occuper davantage de sa fille ou renvoyer le maître d'hôtel. Cette dernière éventualité était la pire de toutes. Si Hubert s'était rendu coupable de quelques larcins, avec tous ces objets qui traînaient partout, ce n'était rien à côté du scandale que serait le renvoi, après vingt ans de service, de ce fidèle domestique contre lequel aucune preuve n'existait. Et puis, comment le remplacer ? Delphine fut assez fine pour soupçonner qu'entre eux deux, la baronne n'hésiterait pas : elle tenait davantage au maître d'hôtel. Delphine avait été tentée de l'incriminer mais elle n'en fit rien pour ne pas aggraver la situation et aussi par peur d'une vengeance. Si l'on entrait dans le dédale des explications, il serait capable de révéler les visites des garçons à peine les parents avaient-ils tourné le dos. Complices, ils l'étaient, mais plutôt comme des voleurs, presque des assassins — non pas, comme elle l'aurait autrefois désiré, en victimes de l'injustice sociale, liguées ensemble contre l'abus du pouvoir. Au fond, elle n'était ni du côté de ses parents, ni avec le maître d'hôtel : dans ce trio, chacun avait besoin de l'autre sans que personne ait besoin d'elle. Par peur des désagréments, la scène concernant les objets volés se dilua dans le néant, chacun se dirigeant vers son domaine comme des oiseaux déplumés qui ont cruellement bataillé avant de regagner leur repaire.

Hubert était donc un voleur. Peut-être avait-il dérobé bien plus d'objets qu'on ne pouvait l'imaginer et son domicile (depuis le temps qu'il était maître d'hôtel) regorgeait-il de merveilles. A moins qu'il n'ait tout fait transporter ailleurs, en province — dans un de ces petits logis lovés dans le calme d'une rue proche d'une église, où l'on accumule hypocritement les biens d'autrui. Mais, à la réflexion, cette passion du bois bien ciré, de la beauté, de la pierre en quartz rose — c'était là un goût de plus qu'ils avaient en commun, Delphine et lui, ajouté à celui des faits divers et de l'écriture. (Hubert disait toujours à Delphine, quand elle peinait sur ses dissertations : « Mademoiselle est dans ses écritures ? » mais elle ne répondait plus rien à ses persiflages car c'était parfois à *Quiproquo* qu'elle travaillait en secret.) Il flottait à présent dans l'appartement une atmosphère de suspicion générale dont Delphine ne pouvait se blanchir puisqu'elle avait la même nature de pie voleuse qu'Hubert. Mais, curieusement, l'ensemble de ces circonstances — la découverte du vol, le malaise familial, l'air consterné d'Hubert — contribuaient à faciliter les « écritures » de Delphine : il lui suffisait de penser intensément au maître d'hôtel, à sa vie, à sa demeure cachée — penser à lui, c'est-à-dire le haïr — pour écrire si rapidement que le roman se déroulait comme un long ruban dont elle ignorait les inscriptions, même si elles étaient de sa propre main.

Mais avec le printemps, et la poursuite de *Quiproquo*, ce sentiment malsain de haine se trouva légèrement édulcoré d'être ainsi assouvi. C'est pourquoi elle accepta l'invitation à dîner dans la maison d'en face — invitation à laquelle Hubert n'était sans doute pas étranger. N'était-ce pas là qu'elle l'avait vu, l'après-midi où elle avait découvert son penchant au mensonge ? Maintenant, elle

démêlait parfaitement ce que son sentiment pour le
maître d'hôtel avait de maladif : elle lui vouait l'attache-
ment qu'une enfant disperse d'habitude entre sa mère, sa
gouvernante, sa poupée, sa grand-mère ou une cousine de
province : le vieil homme avait tenu dans sa vie le rôle
d'une femme. Et pourquoi ne subtiliserait-il pas des
objets enfermés dans le catafalque des écrins : on dit des
turquoises et des perles qu'elles meurent de n'être pas
portées avec amour, pourquoi n'en serait-il pas de même
de l'agate et du quartz ? Et puis, n'entrait-il pas un peu
de véritable sollicitude maternelle chez ce vieux garçon
qui s'obstinait à vouloir lui forger un futur ?

Oui, plus elle progressait dans sa version de *Quiproquo*
(dont elle n'avait toujours pas soufflé mot à Hubert),
moins elle lui en voulait de dissimuler, feindre et voler. Il
lui revenait une douce nostalgie de leurs palabres d'autrefois à l'office, que la vie monotone du lycée n'avait
jamais remplacés. Une curiosité (voisine de la névrose)
l'avait même poussée à rôder autour du domicile d'Hubert ; mais au numéro prélevé autrefois par elle sur sa
carte d'identité, ne correspondait aucun personnage nommé Hubert Laville. La concierge était formelle. Pour faire
son enquête, Delphine s'était déguisée, car se lancer dans
le romanesque avait métamorphosé sa façon de vivre :
tout devenait terrain d'expérience. En revanche, il ne
subsistait à présent presque rien d'Hubert : il n'avait plus
d'identité vérifiable ni de domicile avoué ; il n'était plus
qu'une abstraction qu'il fallait ressusciter dans un livre.

Sur ces entrefaites, Hubert lui avait apporté l'invitation de Pierre-Antoine de Vernon et elle décida d'accepter, non parce qu'il était un beau parti — de son point de
vue, cet hôtel particulier était un signe de richesse
proprement accablant — mais afin de l'observer et de lui
dérober quelques-unes de ces « perles mentales » que
proféraient souvent les jeunes gens de ce milieu ; et puis
elle irait pour écouter la musique : on devait jouer, ce
soir-là, une sonate de Scarlatti. Elle avait horreur des

salles de concert, et surtout de l'entracte où l'on rencontrait toujours le même public qui critiquait les interprètes sans savoir pour autant jouer du moindre instrument — l'ennui, avec la musique, c'était qu'elle s'accompagnait inévitablement d'une clique, toujours la même, frivole et mondaine. Du moins serait-on obligé, dans le salon des Vernon, de rester silencieusement poli ; personne n'oserait vilipender la façon dont le pianiste aurait exécuté son morceau.

Delphine fut intimidée de se trouver assise à la droite du maître de maison : un vieux monsieur distingué qui se vanta de chasser à courre, ce qui acheva de la glacer. Elle avait beau lire le panégyrique que certains prétendus écologistes faisaient de la chasse, elle ne pouvait oublier ce qui s'était passé à Senlis. Elle y avait été entraînée par un de ses seuls amis véritables, amoureux comme elle des petites villes préservées et tranquilles (ce qui n'exclut en rien les passions violentes, comme le démontrait le nombre de crimes cachés découverts des années plus tard dans des ruelles provinciales à l'aspect innocent). Ils étaient allés à Senlis un jour de semaine ; tout l'avait enchantée dans cette atmosphère blanche et limpide, surtout une grande et belle demeure inviolée, prisonnière de grilles, mais elle avait eu le tort de vouloir y retourner avec un autre ami, prénommé Hervé, le dimanche, quand il y avait foule. Ils avaient ainsi découvert que ce poétique manoir n'était autre que le musée de la vénerie : le son du cor, propagé par un haut-parleur, se faisait entendre tandis que les visiteurs s'extasiaient devant d'atroces photographies de cerfs encerclés par des chiens dans l'eau d'un étang ; sur certains gros plans, le cerf aux abois montrait un mufle torturé, ses yeux énormes envahis d'obscurité et d'effroi devant la férocité de la meute ; sur un autre, un homme souriant, qui ressemblait au comte de Vernon comme un frère, recevait de la main d'un notable la patte sectionnée d'un cerf, comme on accepte un trophée. Delphine n'avait pas supporté d'en voir davantage; Hervé l'avait aussitôt ramenée à Paris, et elle comprit que cette autre journée vécue à Senlis, dans le calme de l'innocence, n'était due qu'à la tromperie des apparences.

A l'autre bout de la table, à la droite de Madame de Vernon, se trouvait le célèbre pianiste qui avait remporté un triomphe l'été dernier à Deauville dans une salle presque vide; elle lui trouva l'air enfariné et bouffi d'un Bacchus malade peint par le Caravage, aggravé par une fatuité dont le reflet rayonnait sur les traits fatigués de la comtesse tel un coucher de soleil qui se mire sur la vitre d'une fenêtre délabrée. L'idée que la sonate de Scarlatti allait naître tout à l'heure sous les doigts grassouillets de cette main blanche et soignée, entre ces énormes rideaux de satin jaune valant une fortune; la vacuité du visage appartenant au « beau parti » Pierre-Antoine de Vernon; les voix aiguës des femmes décolletées qui se moquaient de Scarlatti comme d'une guigne; les filets de viande dont elle vit avec horreur sur le menu gravé qu'ils étaient des filets de biche (si tendres, merveilleusement à point, murmuraient les convives); le champagne que l'on venait de servir après un vin rouge capiteux pour accompagner le dessert crémeux, tandis que refusait de la quitter la vision obsédante du cerf déchiqueté, ses entrailles dévorées par les chiens, tout cela se confondit et se mêla dans sa tête avec un bourdonnement écœuré.

Elle pressentit le désastre à cette légère transpiration, cette ombre qui descend sur toute chose, précédant l'évanouissement : elle allait se trouver mal, peut-être même vomir, créer un scandale, ce qu'il fallait éviter à tout prix — surtout ne pas attirer sur elle l'attention; ne jamais revenir ici; éviter tout lien avec les habitants de cette demeure; et elle se détourna pour fuir le spectacle du marquis de Vèrnon dont les moustaches luisaient encore de la sauce accompagnant le gibier. Il fallait ne pas bouger, ne rien voir, ne rien risquer — il fallait... elle ne savait quoi — mais le miracle se produisit, elle résista jusqu'au bout et, à la fin du repas, un jeune maître d'hôtel repoussa la chaise derrière elle, chuchotant : « Mademoiselle, vite, venez là, un peu d'air... » Alors, seulement, elle le reconnut : c'était celui qu'elle avait aperçu voilà quelques années, à côté d'Hubert. C'était lui qu'elle avait vu, elle en était sûre : il avait à peine changé, à peine forci et son visage était, comme alors, auréolé de magnifiques cheveux blonds qu'elle avait remarqués de loin, à travers les fenêtres.

Comme elle lui fut reconnaissante quand, profitant du brouhaha général, il la mena vers la grande salle de l'office et lui fit boire un verre d'eau fraîche ! L'office, ici, donnait de plain-pied sur la cour. Le jeune homme ouvrit la porte et, de la chaise où elle était affalée, elle put voir l'autre maison — celle que l'on nommait la sienne. Toutes les lumières étaient allumées : profitant du fait que Delphine était invitée ce soir-là, le baron, ou plutôt la baronne, recevait. Elle vit même, d'où elle était, se profiler la haute silhouette maigre d'Hubert. Contemplées de là, de cet ailleurs maintenant connu, les fenêtres de son appartement d'où émanait une lueur orangée à cause des rideaux de velours rouge, lui parurent étranges, mystérieuses, comme autrefois, de chez elle, l'endroit où elle se tenait à présent lui avait semblé envoûtant. Que dirait Hubert qui nourrissait pour elle, tout comme la baronne, de si hautes ambitions, s'il la voyait à présent écroulée auprès d'un jeune « extra », au lieu de trôner au salon avec Pierre-Antoine de Vernon en train de savourer du Scarlatti comme les invités avaient auparavant savouré l'incomparable vin de Bourgogne ?

L'air frais venant de la cour, même s'il était légèrement troublé par des odeurs de cuisine, lui parut aussi vif, après l'atmosphère viciée du salon, que l'air du large. Elle eut un petit rire heureux. Son malaise était passé. Néanmoins, à cause du champagne auquel elle n'était guère habituée, ou de la faiblesse qui avait failli la terrasser tout à l'heure, elle s'appuya légèrement contre le jeune homme (tandis que, de l'autre côté, Hubert passait et repassait entre les rideaux, pris dans les rets tissés par la baronne) — et, à travers la veste blanche du garçon, Delphine devina un corps autrement plus séduisant que celui des « beaux partis » qu'Hubert lui avait destinés.

Décidément, Hubert avait agi à son égard de bien curieuse façon — d'une façon que, maintenant, elle comprenait. Mais elle n'entrerait pas dans leur jeu, non, elle ne resterait pas là où l'on prétendait la cadenasser — elle n'irait pas au salon écouter Scarlatti, elle resterait ici, avec le préféré d'Hubert.

Elle l'écoutait, le regardait, tandis qu'une prescience prenait forme derrière leurs propos échangés : son sort à elle ne serait pas de posséder mais de se tenir à la croisée des chemins, entre les pièces de réception et l'office, là où la vie s'écoute aux portes et s'épie aux fenêtres, là où se vident les verres, où tout se trame mais aussi se défait, dans l'univers des coulisses où les passions se vivent de biais — peut-être même ailleurs, dans des logis sans adresse ; oui, sa vision du monde serait celle des témoins, des « extras » et des maîtres d'hôtel, de ceux qui dérobent et se dérobent, qui regardent, et qui savent.

TABLE

Imprimerie Chirat, 42540 Saint-Just-la-Pendue
Achevé d'imprimer en janvier 1982
N° d'impression 5283
Dépôt légal février 1982
N° d'éditeur : 9530